「百家」說名言

中華教育

主編：李韞琬、韓興娥

目　錄

目　錄

「百家」

名言學一學

第一單元

心性善良

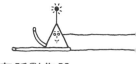

有話對你說

　　「人之初，性本善」，善良，是每個人與生俱來的品德；善良，是人們的安身立命之本。美國著名作家亨利‧詹姆斯的姪子曾問他，人的一生中甚麼最重要，詹姆斯說：「人生有三樣東西是最重要的：第一是要善良，第二是要善良，第三還是要善良。」

　　善良是人性中最柔軟又最有力量的一種情愫，它可以感化、挽救正在沉淪甚至瀕臨死亡的靈魂，可以融化冷漠，溫暖人間。一個人如果能一以貫之地思善行善，人生必能走向坦途。要想讓內心的善良生根發芽開花結果，需要時時處處去加強自身修養。

名　句
1 2 3

1　楚國無以為寶，惟善以為寶。

——《楚書》

楚國沒有甚麼寶物，只是把善人當作寶物。

2　道善則得之，不善則失之矣。

——《大學》

行善便會得到天命，不行善便會失去天命。

3　善無主於心者不留，行莫辯於身者不立。

——《墨子·修身》

得不到內心支持的善行無法長久保持，得不到自身理解的行為便無法樹立。

4　君子莫大乎與人為善。

——《孟子·公孫丑上》

君子最高的德行就是同別人一道行善。

5　積善之家必有餘慶，積不善之家必有餘殃。

——《易傳·文言》

積累善行的人家，必有不盡的吉祥；積累惡行的人家，必有不盡的災禍。

6 人而好善，福雖未至，禍其遠矣。人而不好善，禍雖未至，福其遠矣。

—— 徐幹《中論·修本》

如果人好做善事，福報雖然還沒有到來，災難卻已經遠離了；如果人好做惡事，災難雖然還沒有到來，福報卻已經遠離了。

7 一善染心，萬劫不朽。百燈曠照，千里通明。

—— 蕭綱《唱導文》

一個善念深入心中，經歷萬次災難也不會磨滅，如同百盞燈火照耀着空闊的曠野，一片明亮。

8 交善人者道德成，存善心者家裏寧，為善事者子孫興。

—— 方孝孺《柱銘》

交心性善良的朋友有利於培養自己的好品德，存善心能使家庭和睦安寧，做善事能使子孫興旺。

9 善為至寶，一生用之不盡；心作良田，百世耕之有餘。

—— 史襄哉《中華諺海》

善良作為最好的寶物，一生受用不盡；在心靈這塊良田上播撒善的種子，世代耕耘不盡。

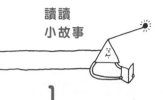

善良的匡互生先生

俗話說：「贈人玫瑰，手有餘香。」巴金先生在《懷念一位教育家》一文中，給予了善良至極的匡互生先生極高的評價。巴金先生說：「我最初只知道他是五四運動中『火燒趙家樓』的英雄，後來才瞭解到他是一位把畢生精力貢獻給青年教育的好教師，一位有理想、有幹勁、為國為民的教育家。」

匡先生一生生活簡樸，屋裏陳設簡單。他是一位有良知的老師，學生們常來找他談話，他總是親切、詳細地耐心講解，如同一位和藹的長兄。

匡先生對付小偷是極有一套的。那年，匡先生任校長，學校廚房的師傅捉到一個偷煤的小賊，送到他的辦公室，請求校長發落。當時小偷嚇得發抖，不敢抬頭看匡先生。他沒有呵斥小偷，也沒有站在道德的制高點對小偷進行批評教育，而是坐下來和小偷談心，仔細詢問小偷的家庭情況，這一談就是兩個小時。小偷說家中無米下鍋，兒女們嗷嗷待哺，適逢冬季，家中孩子們都凍病了，又沒煤火取暖，這才做了小偷。匡先生想，生逢亂世，不到迫不得已，誰也不想做小偷。他送給小偷兩塊銀圓，囑咐他拿這筆錢去做小本生意，不要再做偷盜之事。

匡先生對人的救贖不是一時，而是一世。還有一回，學生宿舍值勤員捉到一個穿西裝的小偷，匡先生看他像個讀書人，於是問他讀過甚麼書，可有一技之長。匡先生瞭解清楚後，不但沒有懲罰、呵斥他，還根據他的所長給他介紹了適合的工作。當時很多人不理解匡先生的做法，他只是重複一句話：「不要緊，他們會改好的。」

身邊的朋友都佩服他改造人們靈魂的決心和信心，更被他內心深處的良善所感動。

巴金著文稱匡先生是他前進道路的一盞燈，燈雖滅，但正如匡先生所說：「只要思想活着，開花結果，生命就不會結束。」著名詩人朱自清在《哀互生》一文中寫道：「互生最叫我們紀念的是他做人的態度。他本來是一副銅筋鐵骨，黑皮膚襯着那一套大布之衣，看去像個鄉下人。他甚麼苦都吃得，從不曉得享用，也像鄉下人。他心裏那一團火，也像鄉下人。那一團火是熱，是力，是光。」

改變世界的一念之善

2

　　美國第三十四任總統艾森豪威爾是位傳奇人物，一生中曾獲得數個「第一」的稱號——第一個擔任北大西洋公約組織盟軍的最高統帥，第一個擔任哥倫比亞大學校長的美軍退役高級將領，唯一一個當上美國總統的五星上將。但在他看來，這些殊榮都不如一個人內心的真誠、善良重要。

　　故事發生在第二次世界大戰期間。那天天氣非常寒冷，北風凜冽，雪花漫天。艾森豪威爾將軍乘車去總部參加一個緊急會議，汽車行駛途中，在荒無人煙的路旁出現一對老夫婦，凍得渾身哆嗦。艾森豪威爾將軍看到後立即命令停車，與身旁的翻譯一起下車詢問情況。參謀急忙提醒：「將軍，時間緊迫，我們必須趕快到總部開會，這種小事就交給當地警方來處理吧。」艾森豪威爾將軍馬上反問參謀：「那你告訴我，甚麼是大事？人命關天，怎麼會是小事呢？如果等警方趕來處理，這對老夫婦可能早就凍死了！」經過詢問得知，這對老夫婦準備去巴黎看望兒子，不料汽車中途拋錨了。

　　艾森豪威爾將軍聽後，立即攙扶老人上了自己的車，把他們送到巴黎，才急忙趕去總部。

　　善有善報，行善之報如影隨形。艾森豪威爾將軍的良善給他帶來了福報，竟幫他躲過致命一劫。原來，德國納粹情報人員早已掌握他那天前往總部的路線，讓狙擊兵預先埋伏在他的必經要道上。殘忍暴虐的希特勒狂妄地說：「明年的今日就是盟軍最高統帥艾森豪威爾將軍的祭日。」但他做夢也沒想到，艾森豪威爾將軍因為這一善舉改變了行車路線！

小練習，
做 一 做 ！

學習了前面的名言，你現在領會了它們的意思嗎？你會使用這些名言名句嗎？下面有一些小練習，來試試看吧！

1. 人們常說：富貴在天，聽天由命。實際上，有時候一個人的命運掌握在自己的手中。正如（a）這句話所言，原來一個人的命運與善舉息息相關，只是我們不曾在意啊！

2. 好家風鑄就好少年，不好的家風貽害後人，在善與不善的家風下成長的孩子，未來可能大相徑庭，因為古語云：（b），正所謂「善有善報，惡有惡報。」

3. 有些同學，老師要他做好事才會做好事，由於這種善行不是同學們發自內心或真正理解的，所以難以持久，這就是所謂（c）

4. 要說因果報應，也許有點迷信；要說「禍兮，福之所倚，福兮，禍之所伏」，或許還有點莫名其妙。但要說（d），你也許就能瞭解其中意思了。

（a） _____

（b） _____

（c） _____

（d） _____

孝敬父母

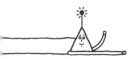

有話對你說

　　孝敬父母是中華民族的傳統美德之一，也是做人的根本。早在古代，隋文帝就曾提出「君子立身，雖云百行，唯誠與孝，最為其首」。「孝」是每個人的根、每個人的本，本立而道生。

　　「百善孝為先。」或許，父母沒有給子女提供優越的家庭環境和豐厚的家財，但是他們盡自己最大的能力，撫養後代長大。從孩子呱呱墜地到牙牙學語，從慢慢會爬到漸漸會走……他們付出了畢生的精力和心血。好好孝敬父母吧！父母的恩情，用盡一生也報答不完。孝敬父母，首先要在物質生活上予以保障，使其「老有所養」；此外，要在精神生活上予以關愛，使其「老有所樂」。

名句
123

1　子曰：「父在，觀其志；父沒（mò），觀其行；三年無改於父之道，可謂孝矣。」

——《論語・學而》

孔子說：「當父親在世的時候，要觀察子女的志向；父親死後，要考察子女的行為。三年喪滿後，子女能不改其父親生前所教導的正道，便可以說盡孝了。」

2　孟懿子問孝，子曰：「無違。」樊遲御，子告之曰：「孟孫問孝於我，我對曰『無違』。」樊遲曰：「何謂也？」子曰：「生，事之以禮；死，葬之以禮，祭之以禮。」

——《論語・為政》

孟懿子問甚麼是孝，孔子說：「孝就是不要違背禮。」後來，樊遲為孔子駕車，孔子告訴他：「孟孫問我甚麼是孝，我回答不要違背禮。」樊遲說：「這是甚麼意思？」孔子說：「父母在世時，要按禮侍奉他們；父母去世後，要按禮埋葬他們、祭祀他們。」

3　孟武伯問孝，子曰：「父母唯其疾之憂。」

——《論語・為政》

孟武伯問甚麼是孝，孔子說：「除了生病，不需讓父母擔憂子女任何事。（也就是說，除了自己身體的疾病之外，如果其他方面都能做到謹言慎行、德行不虧，使父母安心，這就是盡孝了。）」

名句
1 2 3

4　子游問孝，子曰：「今之孝者，是謂能養。至於犬馬，皆能有養；不敬，何以別乎？」

　　　　　　　　　　　　　　　　　　——《論語·為政》

　　子游問甚麼是孝，孔子說：「如今所謂的孝，只是說能夠養活父母便足夠了。然而，就是犬馬都能夠得到飼養。如果內心對父母沒有孝敬之情，那麼養活父母與飼養犬馬有甚麼區別呢？」

5　子夏問孝，子曰：「色難。有事，弟子服其勞；有酒食，先生饌（zhuàn），曾是以為孝乎？」

　　　　　　　　　　　　　　　　　　——《論語·為政》

　　子夏問甚麼是孝，孔子說：「（當子女的要盡孝），最不容易的就是對父母和顏悅色。有事情，子女替父母去做，有酒飯供父母吃喝，難道這樣做就被認為是孝嗎？」

6　子曰：「事父母幾諫（jiàn），見志不從，又敬不違，勞而不怨。」

　　　　　　　　　　　　　　　　　　——《論語·里仁》

　　孔子說：「侍奉父母，（如果父母有不對的地方），要委婉地多次勸說。自己的意見不被父母聽從，仍應恭敬地不觸犯他們，即使內心憂勞也不怨恨。」

7　子曰：「父母之年，不可不知也。一則以喜，一則以懼。」

　　　　　　　　　　　　　　　　　　——《論語·里仁》

　　孔子說：「父母的年紀，不可不時時記在心裏。一方面為他們的長壽而高興，一方面又為他們的衰老而恐懼。」

8 子曰：「孝哉閔（mǐn）子騫（qiān）！人不間於其父
母昆弟之言。」

——《論語·先進》

孔子說：「閔子騫真是孝順呀！他的孝順，使別人不會去批評他的
父親、後母和兩個兄弟。」

9 惟順於父母，可以解憂。

——《孟子·萬章上》

只有孝順父母，才可以排解憂愁。

10 孝子之至，莫大乎尊親；尊親之至，莫大乎以天
下養。

——《孟子·萬章上》

孝子行孝的極點，沒有超過尊奉雙親的；尊奉雙親的極點，沒有超
過用天下來奉養父母的。

11 事其親者，不擇地而安之，孝之至也。

——《莊子·人間世》

侍奉雙親，無論甚麼境地都使他們安適，是行孝的最高境界。

12 夫執一術而百善至、百邪去、天下從者，其惟孝也。

——《呂氏春秋·孝行》

掌握了一種原則，因而所有的好事都會出現，所有的壞事都會去
掉，天下都會順從，這種原則大概只有孝道吧！

名 句
1 2 3

13 夫孝，天之經也，地之義也，民之行也。

——《孝經·三才》

孝道猶如天上日月星辰的運行，地上萬物的自然生長，天經地義，
是人類最為根本首要的品行。

14 孝子之養老也，樂其心不違其志，樂其耳目，安
其寢處，以其飲食忠養之，孝子之身終。

——《禮記·內則》

孝子贍養老人，就要使老人心情愉快，不違逆老人的意願，要使老人
的耳目愉悅，居處安適，在飲食方面盡心侍候周到，直到孝子死亡。

15 孝有三：大孝尊親，其次弗辱，其下能養。

——《禮記·祭義》

孝有三等：大孝是使雙親受人尊敬，其次是不使雙親名聲受辱，最
下等是僅能贍養雙親。

16 千經萬典，孝義為先。

——《增廣賢文》

千萬種經典都以行孝重義為先。

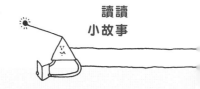

**讀讀
小故事**

　　台灣作家龍應台在《目送》中曾這樣寫道:「我慢慢地、慢慢地瞭解到,所謂父女母子一場,只不過意味着,你和他的緣分就是今生今世不斷地在目送他的背影漸行漸遠。你站立在小路的這一端,看着他逐漸消失在小路轉彎的地方,而且他用背影告訴你:不必追。」

　　季羨林先生曾說:「世界上無論甚麼名譽,甚麼地位,甚麼幸福,甚麼尊榮,都比不上待在母親身邊,即使她一個字也不識,即使整天吃『紅的』(高粱餅子)。」離開母親是季先生一生中永久的悔,這種深切的悔意讓我們徹悟:「子欲養而親不待」是人世間最深刻的悲哀!

小練習，
做 一 做 ！

學習了前面的名言，你現在領會了它們的意思嗎？你會使用這些名言名句嗎？下面有一些小練習，來試試看吧！

1. 從小到大，父母孝敬長輩的行為給我留下了深刻的印象，父親常常教育我，僅僅贍養長輩是不夠的，還應該打心眼裏孝敬他們，正所謂（a）。

2. 古人說（b），可見孝敬父母一定要始終如一。不管父母健在與否，對於他們正確的言行都要遵從，這才是真正的孝順。

3. 清明掃墓是一件莊重的事情，這是對逝者的緬懷。但有些人掃墓時大聲喧嘩、嬉笑玩鬧，其實這不符合中華傳統禮儀，真正的孝順應該是（c）。

4. 同學們，你們記得父母的生日和年齡嗎？必須記得哦！因為古人說過：（d）。不過，古人記住父母的年齡常常帶着複雜的感情——（e）。隨着我們一天天長大，我們的父母也年齡漸長，你們是否也有這種複雜的情感呢？

5. 百善孝為先。大人如此，小孩亦如此。所以，我們無論在家裏還是在學校，都要謹記（f）的古訓。

6. 古人說（g），然而天地間只有古代的皇帝才能坐擁天下（古代皇帝號稱「家天下」）。孩子們，你們會怎樣孝敬自己的父母呢？或許努力學習，做一些力所能及的家務，便是目前我們對父母最好的回報。

（ a ） ＿＿＿＿＿＿＿＿＿＿＿＿＿＿＿＿＿＿＿＿＿＿＿

（ b ） ＿＿＿＿＿＿＿＿＿＿＿＿＿＿＿＿＿＿＿＿＿＿＿

（ c ） ＿＿＿＿＿＿＿＿＿＿＿＿＿＿＿＿＿＿＿＿＿＿＿

（ d ） ＿＿＿＿＿＿＿＿＿＿＿＿＿＿＿＿＿＿＿＿＿＿＿

（ e ） ＿＿＿＿＿＿＿＿＿＿＿＿＿＿＿＿＿＿＿＿＿＿＿

（ f ） ＿＿＿＿＿＿＿＿＿＿＿＿＿＿＿＿＿＿＿＿＿＿＿

（ g ） ＿＿＿＿＿＿＿＿＿＿＿＿＿＿＿＿＿＿＿＿＿＿＿

第三單元

至誠有信

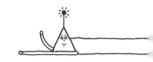

有話對你說

　　「誠」是「人之為人」的一種內在品質，荀子有言：「君子養心莫善於誠」。要達到至誠境界，首先要做到「*毋自欺*」。然而，「*毋自欺*」說起來容易做起來難，因為自己的行為、心思，只有自己最清楚。克服自欺的猛藥就是在「慎獨」上下功夫，不管是否有人監督自己，都要一如既往地「誠」；要敞開心胸，時時反省自身，尋己不足而改之。如能真正做到表裏合一、知行合一，便可灑脫自在，擁有一片燦爛的精神風景。

　　「有信」與「至誠」可謂一對同胞姐妹，因為有信不僅要一諾千金，還要誠在心中，「義以為上」。這樣不但可以建立讓自己生命增值的信任系統，還可以對社會產生積極的影響。一個人想要在社會上立足，就要為自己的生命積蓄力量，做一個至誠有信的人。

名句
1 2 3

1　人而無信，不知其可也。大車無輗（ní），小車無
　　軏（yuè），其何以行之哉？

——《論語·為政》

一個人不講信用，不知道他怎麼可以（立身處世）。這就好比牛車
沒有輗，馬車沒有軏（沒有輗和軏，便不能駕牲口），那車怎麼能
走呢？

2　言必信，行必果。

——《論語·子路》

說話一定誠信，做事一定果斷。

3　誠者，天之道也；誠之者，人之道也。

——《中庸》

真誠，是自然法則；追求真誠，是做人的原則。

4　唯天下至誠，為能經綸天下之大經，立天下之大
　　本，知天地之化育。

——《中庸》

唯有天下最誠的人，才能掌握治理天下的大綱，樹立天下的根本道
德，知曉天地化育萬物的道理。

5 巧詐不如拙誠。

——《韓非子 · 說林上》

巧妙的欺詐不如笨拙的誠實。

6 人之所以為人者，言也。人而不能言，何以為
人？言之所以為言者，信也。言而不信，何以
為言？

——《春秋穀梁傳》

人之所以成為人，是因為能言語。如果不能言語，何以稱其為人？
言語之所以稱其為言語，是因為講究信義。如果言而無信，何以稱
其為言語？

7 言而必信，期而必當，天下之高行也。

——《淮南子 · 氾論訓》

說話一定要講信用，約定的事一定要承擔下來付諸行動，這是天下
公認的高尚品行。

8 至誠則金石為開。

——《西京雜記》

真誠到極致，就連金屬和石頭都能為之開裂。

9　為國之道，食不如信。立人之要，先質後文。

　　　　　　　　　　　　　　　　　　—— 沈約《宋書·江夷傳》

治國的方法，以食物養民不如講究信用。做人的根本，質樸為先而後修飾以文采。

10　古之所謂正心而誠意者，將以有為也。

　　　　　　　　　　　　　　　　　　—— 韓愈《原道》

古人所說的心思純正、意念真誠，都是為了將來有所作為。

11　文以行為本，在先誠其中。

　　　　　　　　　　　　—— 柳宗元《報袁君陳秀才避師名書》

讀書人以德行修養為本，而德行中真誠擺在首位。

12　誠不至者物不感，損不極者益不臻（zhēn）。

　　　　　　　　　　　　　　　　　　—— 《新唐書》

真誠達不到極致就不能感動人，虧損達不到極點利益就不能達到。

13　夫信者，人君之大寶也。國保於民，民保於信；非信無以使民，非民無以守國。是故古之王者不欺四海，霸者不欺四鄰，善為國者不欺其民，善為家者不欺其親。

　　　　　　　　　　　　　　　　　　—— 司馬光《資治通鑒》

信譽，是君主至高無上的法寶。國家靠人民來保衞，人民靠信譽來
保護；不講信譽無法使人民服從，沒有人民便無法維持國家。所以
古代成就王道者不欺騙天下，建立霸業者不欺騙四方鄰國，善於治
國者不欺騙人民，善於治家者不欺騙親人。

14 誠之所感，觸物皆通。

—— 吳處厚《青箱雜記》

真誠的感化作用，對任何事物都行得通。

15 進學不誠則學雜，處事不誠則事敗，自謀不誠則
欺心而棄己，與人不誠則喪德而增怨。

——《二程粹言·論學》

學習不誠心就會學得雜亂無章，處理事情不講誠信就會做事失敗，
自己考慮事情不誠心會自欺欺人以至失去自我，和別人交往不誠心
就會喪失道德而招人怨恨。

16 誠以待物，物必應以誠。誠與疑，治亂之本也，
不可以一臣詐而疑眾臣，一士詐而疑眾士。

——《宋史·何郯（tán）傳》

對待事物拿出誠懇的態度，那麼事物的結果也會回報以誠信。用的
人誠與不誠，是天下大治或混亂的根本原因，不可以因為一個大臣
奸詐而懷疑所有大臣，因為一個士子奸詐而懷疑所有士子。

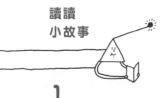

一言九鼎　重於泰山

　　一戶普普通通的人家，為了一句囑託，祖孫三代用行動演繹了中國人「千金一諾」的誠信佳話。時光回到七十餘年前，林道志為了滿足窮苦孩子有書讀的夙願，創辦了上海基督教私立慕義學校。林先生樂善好施，當時免費招收了許多貧困人家的孩子，其中包括不少猶太難民的孩子。

　　1943 年，在上海避難的猶太學校校長卡爾覺得林道志很可靠，回德國之前，將一批重要的英語、德語和希伯來語書籍，以及一些珍貴的宗教書籍全部寄放在林道志處，並委託他保管。卡爾校長對林先生說：「書籍先暫時寄存在您這裏，我一定會回來取的。」然而，這一別竟成永訣。2000 本書靜靜地「躺」在林家整整 70 年，其間雖經歷了風風雨雨，但完好無損。

　　當年林道志家隔壁是日本人的軍火庫，鑒於這個地方很危險，他便僱了十餘名挑夫，攜家人肩挑手提地將書全部運回了老家浙江黃岩。不久美軍投彈轟炸了這片區域，由於林道志未雨綢繆（móu），這些書幸免於難。抗戰勝利後，他又不辭辛勞地將這批書搬運回上海。

　　「文革」期間，紅衛兵發現了這批書，將這幾箱書搬到了廣場上準備焚毀，當時突然狂風大作，暴雨如注，焚燒計劃不得不放棄。那些書再次僥倖躲過了一劫。辛勞一生的林道志先生始終未

等到卡爾歸來，1981 年 2 月，他帶着遺憾離開了。臨終前，他不忘囑託兒孫，堅守保管並歸還書籍的承諾。

歲月流轉，林道志夫婦及他們的長子林尊義、次子林尚義相繼病逝。林家跌宕（dàng）多舛（chuǎn）的遭遇，致使「尋主」一事愈加艱難。然而，他的兒孫們恪守承諾，依然精心守護着 2000 本珍貴的書籍。

如今，保管書籍的重任落在了林先生的兒媳潘碌女士身上。她原先的居所狹小局促，這 2000 本書曾經一直放在亭子間，並佔據了絕大部分空間。為此，潘女士的兒子 16 歲前一直和父母睡在一個房間。此後，潘女士一家為安置書籍想方設法，在不足 10 平方米的房間中，他們仍將這些書安放在靠牆的書架上，還考究地將它們墊高，以防受潮或被老鼠啃食。潘碌女士鄭重地說：「我公公保管這些書 40 年，我丈夫接着保管了 20 年。我不能允許自己有任何閃失，更不可能把它們當作財富變賣，決不可以！」

七十年的堅守既見證了一種信任，也見證了一種承諾。尋主的路也許還很漫長，但林家三代信守諾言，傳承 70 年，無怨無悔，令世人感歎。

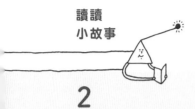

寫在心裏的字據與立在紙上的契約

2

　　據《清稗（bài）類鈔 · 敬信》記載：蘇州吳縣有一位叫蔡嶙（lín）的商人，因重諾守信受到眾人愛戴。他的好朋友把千金存放在他家裏，沒有立下任何字據。不久，朋友不幸病故。蔡嶙把朋友的兒子叫到家中說：「這是你父親生前存放在伯伯家中的錢財，如今他已不在人世，你拿去做生意吧，以後要自力更生，好好做人，好好生活。」朋友的兒子是一個誠實的好孩子，不願無緣無故地接受這無憑無據的重金，便推辭道：「父親生前從沒對任何人提起此事。況且這麼多錢財，父親怎會不立字據便存放在您這裏呢？我不能要。」蔡嶙欣慰地說：「孩子，做人應該誠實守信。這千金的字據立在我心中，不立在紙上。我和你父親是至交好友，他瞭解我的為人，所以沒告訴你。」說完，把千金完璧歸還。

小練習，
做 一 做 ！

學習了前面的名言，你現在領會了它們的意思嗎？你會使用這些名言名句嗎？下面有一些小練習，來試試看吧！

1. 我們從小就要培養說話算話的意識，答應老師要好好預習、好好聽講、好好寫作業，就要告誡自己「君子一言，駟馬難追」，說到做到，因為（a）

2. 我們曾在國旗下莊嚴宣誓，要做一個講誠信、重承諾的好孩子，日常生活中我們時刻提醒自己要言行合一，因為我們時刻謹記（b）的訓導。

3. 有的同學考試成績不理想，故意藏起試卷不讓家長知道；有的同學做了錯事，為了掩蓋真相，將自己的責任推得一乾二淨……這些行為違背了真誠這一自然法則和做人原則。古人早就說過（c），可見真誠對為人處世有多麼重要！

4. 與其舞弊考 100 分，不如誠實作答，即使考了很低的分數，老師也會更喜歡後者，因為這樣的學生雖然愚笨，但誠實不欺，更值得人們喜愛，這正印證了古人的訓誡——（d）。

5. 我們學校想請一位退休老藝術家給我們講一堂文化展示課。但是老藝術家事務繁忙，非常難請，我們三顧茅廬，終於（e），老藝術家答應了我們的請求。

6. 同學們從小就要培養誠實本分的品質，長大了才能有所作為，因為（f）。可別因為小時候不重視誠信品質，將來發出「『誠』到用時方恨少」的感慨哦！

7. 同學們，學習知識固然重要，可更重要的是學習如何做人。所以，我們應該從小培養優良品質，其中待人以誠是最重要的，正所謂（g）。

（a）＿＿＿＿＿＿＿＿＿＿＿＿＿＿＿＿＿＿＿＿＿

（b）＿＿＿＿＿＿＿＿＿＿＿＿＿＿＿＿＿＿＿＿＿

（c）＿＿＿＿＿＿＿＿＿＿＿＿＿＿＿＿＿＿＿＿＿

（d）＿＿＿＿＿＿＿＿＿＿＿＿＿＿＿＿＿＿＿＿＿

（e）＿＿＿＿＿＿＿＿＿＿＿＿＿＿＿＿＿＿＿＿＿

（f）＿＿＿＿＿＿＿＿＿＿＿＿＿＿＿＿＿＿＿＿＿

（g）＿＿＿＿＿＿＿＿＿＿＿＿＿＿＿＿＿＿＿＿＿

第四單元

心懷感恩

有話對你說

　　古語雲：「滴水之恩，當湧泉相報。」感恩，是我們學會做人做事、成就幸福人生的原點。生活中心存感恩，生命便充滿了美好；競爭中心存感恩，就不會斤斤計較；事業中心存感恩，就會稀釋心中的狹隘和固執；生命中心存感恩，就會使我們已有的人生資源變得更加厚重，心胸更加豁達，最終收穫幸福、快樂的一生！

名句
123

1　父兮生我，母兮鞠（jū）我。拊（fǔ）我畜我，長我育我，顧我復我，出入腹我。

——《詩經·小雅·蓼莪》

父親是你生下我，母親是你哺養我。撫摸我啊愛護我，養我長大教育我，照顧我啊掛念我，出門進門抱着我。

2　投我以桃，報之以李。

——《詩經·大雅·抑》

他送給我桃子，我以李子報答他。

3　事師之猶事父也。

——《呂氏春秋·勸學》

對待老師要像對待自己的父親一樣。

4　明師之恩，誠為過於天地，重於父母多矣。

——葛洪《抱樸子·勤求》

賢明的老師對我的恩情的確勝過了天地，比父母對我的恩情重得多。

名句
123

5　誰言寸草心，報得三春暉。

—— 孟郊《遊子吟》

（子女）像小草那樣微弱的孝心，哪裏能報答得了春日暖陽一樣的慈母恩情呢？

6　一日為師，終日為父。

——《太公家教》

哪怕只教過自己一天的老師，也要終生像對待父親那樣敬重他。

7　羊有跪乳之恩，鴉有反哺之義。

——《增廣賢文》

小羊羔有跪下吮（shǔn）吸母乳的感恩舉動，小烏鴉有銜食餵母鴉的情義。

8　為學莫重於尊師。

—— 譚嗣（sì）同《瀏陽算學館增訂章程》

學習沒有比尊重老師更重要的了。

9　片言之錫（通「賜」），皆吾師也。

—— 梁啟超《中國歷史研究法自序》

即使是隻言片語的賜教，也都是我的老師。

讀讀
小故事

一飯千金

韓信是西漢開國名將，與蕭何、張良並稱漢初三傑。在中國軍事史上，他是一位絕代奇才。

可這位天才軍事家未得志時，生活很是困苦。他自小父母雙亡，雖用功讀書、拼命習武，但一日三餐都難以為繼，又沒有經商謀生之道，只能到處投親靠友。長此以往，親戚好友都對他嗤之以鼻。後來，韓信到下鄉南昌亭亭長家中蹭吃蹭喝，一連去了幾個月。亭長的妻子為此大傷腦筋，於是她每天很早就把飯做好，讓家人在床上吃好早飯。到了正常用餐時間，她便不再給韓信準備飯食。

這些經歷讓韓信看透了人情冷暖。為了果腹，韓信常常到城邊的河裏釣魚。如果碰到好運氣，便可以解決一餐溫飽。可這終究不是可靠的法子，無法徹底解決生活問題。幸而他在釣魚的地方碰到一位好心的老婦人，她常常在附近洗衣衫，見韓信三餐不繼，便時常接濟他。韓信感念老婦人在危難之時的捨飯之恩，便感激地對她承諾：「我將來一定好好報答您。」可老婦人聽了韓信的話，生氣地說：「身為男子漢大丈夫，竟然不能養活自己，我是看你可憐才給你飯吃，難道還指望你報答我嗎？」韓信聞言十分慚愧，他暗下決心，一定要成為頂天立地的男子漢，幹出一番事業來。

韓信跟隨漢高祖劉邦南征北戰，立下了汗馬功勞，被封為楚王，但他從沒有忘記在他艱難困苦時捨他飯食的那位老婦人，於是命人送去酒菜綢緞和千兩黃金報答她的恩情。「滴水之恩，當湧泉相報。」不忘感恩之人才是真豪傑、大丈夫，才能夠有底蘊做大事。

小練習，
做 一 做 ！

學習了前面的名言，你現在領會了它們的意思嗎？你會使用這些名言名句嗎？下面
有一些小練習，來試試看吧！

1. 落紅不是無情物，化作春泥更護花，這是花的感恩；士為知己者
死，這是人的感恩。古人講究相互贈答，知恩圖報，正所謂（a）。

2. 老師不僅教會我們知識，還教會我們如何做人，所以古人對老師
十分敬重，他們（b），也難怪古人會說「一日為師，終日為父」。

3. 我的父母常年在外工作，當我需要愛與溫暖的時候，班主任總
會出現在我身邊；當我犯錯的時候，他總是寬容地開導我，而不是
一味地批評責罵。每每想起這些，我都會情不自禁地吟誦（c）這
句名言。

4.（d），我們的母親為我們做得實在太多太多了，起早貪黑洗衣做
飯，時時處處噓寒問暖，寒來暑往無不如此，我們怎能報答得了母
親對我們的養育之恩呢？

5. 小朋友們，你們知道嗎？其實在大千世界中，不僅我們人類有
感恩之心，動物也有感恩之心，比如（e），牠們都值得我們人類
學習哦！

6. 在校園內，遇到老師要主動問好，不管他們是否教過我們，這樣
才是一個尊敬師長的好學生。可見，懂得（f）的道理，比學習知識
更加重要。

7. 問路時為我們指明方向，失意時為我們加油鼓勁，遠行時給我們溫暖的叮嚀……這些人都值得我們感恩，哪怕他們只是對我們說了一句微不足道的話語。因為一個懷有感恩之心的人，必然懂得（g）的道理。

（a）＿＿＿＿＿＿＿＿＿＿＿＿＿＿＿＿＿＿＿＿＿＿＿

（b）＿＿＿＿＿＿＿＿＿＿＿＿＿＿＿＿＿＿＿＿＿＿＿

（c）＿＿＿＿＿＿＿＿＿＿＿＿＿＿＿＿＿＿＿＿＿＿＿

（d）＿＿＿＿＿＿＿＿＿＿＿＿＿＿＿＿＿＿＿＿＿＿＿

（e）＿＿＿＿＿＿＿＿＿＿＿＿＿＿＿＿＿＿＿＿＿＿＿

（f）＿＿＿＿＿＿＿＿＿＿＿＿＿＿＿＿＿＿＿＿＿＿＿

（g）＿＿＿＿＿＿＿＿＿＿＿＿＿＿＿＿＿＿＿＿＿＿＿

第五單元

勤儉節約

有話對你說

　　勤儉節約是中華民族的美德，是五千年文明古國的優良傳統。從厲行節約的晏嬰到「一錢太守」劉寵，從一代名相魏徵到民主革命家孫中山，都為我們留下了一份份憂苦萬民、勤勞儉樸的珍貴精神遺產。中華民族正是具有這種精神，才能生生不息、不斷繁衍、興旺發達。

名句
1 2 3

1　克勤於邦，克儉於家。

——《尚書·大禹謨（mó）》

能為國家大事不辭辛勞，居家生活儉樸。

2　儉，德之共也；侈（chǐ），惡之大也。

——《左傳·莊公二十四年》

節儉，是善行中的大德；奢侈，是惡行中的大惡。

3　節用於內，而樹德於外。

——《左傳·昭公十九年》

在國內節約開支，而在國外樹立德行。

4　因其國家，去其無用之費，足以倍之。

——《墨子·節用上》

根據國家具體情況，去掉無用的開支，足夠使國家財力增加一倍。

5　強本而節用，則天不能貧。

——《荀子·天論》

加強農業生產，節省用度，那麼上天也不能使人貧困。

6　侈而惰者貧，而力而儉者富。

——《韓非子·顯學》

奢侈而懶惰的人貧窮，勤勞而節儉的人富有。

7　君子以儉德辟（bì）難。

——《易傳·象上》

君子當以節儉之德避開危難。

8　靜以修身，儉以養德。

——諸葛亮《誡子書》

依靠恬靜來修養身心，依靠節儉來培養品德。

9　不念居安思危，戒奢以儉，德不處其厚，情不勝
其慾，斯亦伐根以求木茂，塞源而欲流長也。

——魏徵《諫太宗十思疏》

如果不在安逸的環境中想着危難，戒奢侈，行節儉，道德不能保持
寬厚，性情不能克服慾望，這就像挖斷樹根而求樹木茂盛，堵塞源
頭而想要泉水流得遠一樣，是行不通的。

名 句
1 2 3

10　歷覽前賢國與家，成由勤儉破由奢。

———李商隱《詠史》

縱觀歷代賢達治理國家的事跡，無不是興於勤儉，亡於奢靡（mí）。

11　奢則妄取苟求，志氣卑辱，一從儉約，則於人無求，於己無愧，是可以養氣也。

———羅大經《鶴林玉露》

人一旦追求奢靡，就會胡取亂求，人格顯得卑污屈辱。假如做到節儉簡樸，就會對別人無所奢求，不愧對自己，這樣就可以養出志氣和氣節來。

12　一粥一飯，當思來之不易；半絲半縷（lǚ），恆念物力維艱。

———朱柏廬《朱子家訓》

一碗粥、一碗飯，應該想想它們來之不易；半根絲、半縷線，應常想想物資生產的艱難。

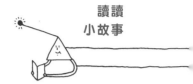

勤儉樸素的周總理

曹靖華先生曾在《永生的人——懷周恩來同志》一文中寫道：「你平易近人，自奉儉約，也是舉世罕見的。」

真正偉大的人物似乎天生就是樸素平凡的人，就如我們敬愛的周總理，他勤儉節約的小故事婦孺皆知，傳為美談。

當年在國務院會議廳入口處，有一塊鐫刻着「艱苦樸素」四個大字的木屏風，這是周總理生活作風的寫照。在國務院會議上，人們不止一次聽到周總理拒絕裝修會議廳：「只要我當總理，會議廳就不准裝修。」

他一貫倡導勤儉節約，要求一切招待必須是國貨，切忌鋪張華麗，有失革命精神和艱苦奮鬥的作風。周總理飲食清淡，每餐一葷一素一湯，吃剩的飯菜從不浪費，總留到下一頓再吃。國務院經常召開國務會議，有時會議過午還不能結束，食堂便做工作餐。總理規定，工作餐標準是四菜一湯，飯後每人交錢交飯菜票，誰也不例外。總理吃完飯，總會夾起一片菜葉把碗底一抹，把飯湯吃乾淨，最後再把菜葉吃掉。吃飯時，偶爾掉一顆飯粒在桌上，他也不捨得浪費，馬上拾起來吃掉。有人對他如此節儉感到不解，總理說：「這比人民羣眾吃得好多了！」三年困難時期，總理和全國人民同甘共苦，帶頭不吃豬肉、雞蛋，不吃稻米飯。

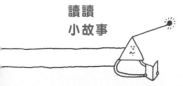

**讀讀
小故事**

一次，炊事員對他說：「您這麼大年紀了，工作起來沒日沒夜的，又吃得不多，就不要吃粗糧了！」總理回答：「不，一定要吃，吃着它，就不會忘記過去，就不會忘記人民！」

在公務場合他是總理，在生活中，他是一個最樸素的平民。他，是世界上最平民化的總理。

有一次周總理出國訪問，衣服破了，秘書把它送到我國駐外大使館去補洗。當大使夫人抱着這團衣服回來時，傷心得淚水漣漣，她生氣地對工作人員說：「原來你們就這樣照顧總理啊！這是一個大國總理出國訪問的衣服嗎？」

總理的一件襯衣多處打過補丁，白領子和袖口是換過幾次的，一件毛巾睡衣本來是白底藍格，卻早已磨得像一件紗衣。這樣寒酸的行頭當然不便出外示人，所以總理出國總帶一個特殊的箱子。不管住多高級的賓館，每天早晨隨行人員先將這一身行頭收入箱內鎖好，才允許賓館服務生進去整理房間。不知道的人還以為這裏面裝着最高機密，殊不知，這裏面鎖着一個高貴的靈魂。

總理在國內辦公時就不必這樣遮擋「家醜」了，他一坐到桌旁，就套上一副藍布袖套，那樣子就像一個坐在包裝台前的工

人。許多政府工作報告、國務院文件和震驚世界的聲明，都是在這藍袖套下寫出來的。

1976 年，敬愛的周總理去世了。負責整理周總理和總理夫人工資收入及支出帳目的人回憶，周總理的收入只有工資和工資結餘存款所得的利息，並無其他進賬。而支出項目主要集中於伙食費、黨費、房租費、訂閱報紙費、日用開支以及補助親屬和工作人員、捐贈等。周總理逝世後，他和夫人的存款總共才 5100 元。

周總理曾說：「我們國家的幹部是人民的公僕，應該和羣眾同甘苦、共命運。如果圖享受、怕艱苦，甚至『走後門』、特殊化，那是會引起羣眾公憤的。」我們敬愛的周總理官而不顯、黨而不私、勞而無怨、生而無後、死不留灰，兩袖清風，鞠躬盡瘁，他的人格魅力不會隨着時光的流逝而減損而淡薄，相反，會更加顯現出它的價值和意義，在我們面前熠熠生輝！

小練習，

做 一 做 ！

學習了前面的名言，你現在領會了它們的意思嗎？你會使用這些名言名句嗎？下面有一些小練習，來試試看吧！

1. 我們從小就要樹立勤儉節約的美德。有時看到身邊的同學相互攀比，大手大腳亂花錢，便想起這句古訓（a）。可見，我們不能輕視節儉品質的培養，不可忽視奢侈浪費的害處。

2. 當今世界，國際競爭日趨激烈，要在競爭中站穩腳跟，就應遵循（b）的古訓，這樣國力才會日益強盛，我們的國家才能在國際間享有盛譽。

3. 人，既要會賺錢，又要會省錢，這樣上天也不能令人貧困。同學們，趕緊回去把（c）的道理告訴父母吧！

4. 除了突發橫財、繼承祖業使人富有，自然災害、身體病痛使人貧窮外，貧窮與富有都與自身的勤與惰、儉與奢分不開，正所謂（d）。

5. 老師常常提醒我們回收利用廢紙，節約用水用電，從日常小事中提高自己的修養，培養自己的品德，這不正是教育我們（e）嗎？

6.（f），治理國家是這樣，打理小家也是這樣。只有崇尚節儉，拒絕浪費，才能令大家和小家興旺發達。

7.「鋤禾日當午，汗滴禾下土。誰知盤中餐，粒粒皆辛苦。」這首《憫農》相信同學們都還記得，可是有的同學不珍惜糧食，養成鋪張浪費的壞習慣，我們可以用（g）這句話來規勸他們。

（ a ）　_____

（ b ）　_____

（ c ）　_____

（ d ）　_____

（ e ）　_____

（ f ）　_____

（ g ）　_____

結交益友

有話對你說

　　「近朱者赤，近墨者黑」，朋友間的影響絕對不可小覷，正如巴斯卡所說：「我們由於交往而形成了精神和情感，但我們也由於交往而敗壞着精神和情感。」

　　「友」的甲骨文，好像順着同一方向的兩隻手，表示以手相助。這就告訴我們，交友要交志同道合之人，無論順境還是逆境，好朋友都能夠給你支持，給你鼓勵，與你風雨同舟。歷史上的「管鮑之交」，鍾子期與俞伯牙等就是我們交友的典範。

名 句
1 2 3

1　無友不如己者。

——《論語·學而》

不要跟不如自己（品質好）的人交朋友。

2　子游曰：「事君數（shuò），斯辱矣；朋友數，斯疏（shū）矣。」

——《論語·里仁》

子游說：「侍奉君主太煩瑣，就會招致侮辱；對待朋友太煩瑣，就會被疏遠。」

3　曾子曰：「君子以文會友，以友輔仁。」

——《論語·顏淵》

曾子說：「君子以文章學問來結交朋友，依靠朋友幫助自己培養仁德。」

4　孔子曰：「益者三友，損者三友。友直，友諒，友多聞，益矣。友便辟，友善柔，友便佞（nìng），損矣。」

——《論語·季氏》

孔子說：「有益的朋友有三種，有害的朋友有三種。同正直的人交友，同誠信的人交友，同見聞廣博的人交友，這是有益的。同諂（chǎn）媚奉承的人交友，同當面恭維背後譭謗（bàng）別人的人交友，同花言巧語的人交友，這是有害的。」

5 **君子之交淡若水，小人之交甘若醴（lǐ）；君子淡以親，小人甘以絕。**

——《莊子‧山木》

君子的交情淡得像清水一樣，小人的交情甘美得像甜酒一樣；君子的交往淡薄卻親密，小人的交往甜蜜卻易斷絕。

6 **賢者善人以人，中人以事，不肖者以財。**

——《呂氏春秋‧不苟論‧贊能》

賢明的人與人親善是根據這個人的仁德，一般的人與人親善是根據這個人的功業，不肖的人與人親善是根據這個人的財富。

7 **獨學而無友，則孤陋而寡聞。**

——《禮記‧學記》

獨自學習而沒有朋友（相互切磋），就會學識淺陋而見聞不廣。

8 與善人居，如入芝蘭之室，久而自芳也；與惡人居，如入鮑魚之肆，久而自臭也。

—— 顏之推《顏氏家訓》

和品德高尚的人交往，如同進入擺放芷（zhǐ）蘭香草的房間，久而久之自己也滿身芳香；和品行低劣的人交往，如同進入販賣鹹魚的店鋪，久而久之自己也滿身臭味。

9 君子先擇而後交，小人先交而後擇。故君子寡尤，小人多怨。

——《中說 · 魏相篇》

君子交友是先選擇後結交，小人交友則是先結交後選擇。所以君子少過錯，小人多抱怨。

10 海內存知己，天涯若比鄰。

—— 王勃《送杜少府之任蜀州》

四海之內有知己好友，即使遠在天邊，也感覺像近鄰一樣。

11 桃花潭水深千尺，不及汪倫送我情。

—— 李白《贈汪倫》

即使桃花潭水有千尺深，也比不上汪倫送別我的一片深情。

名句
123

12 大凡君子與君子以同道為朋,小人與小人以同利
為朋。

——歐陽修《朋黨論》

通常君子與君子因志同道合結為朋黨,小人與小人因共同利益結為
朋黨。

13 道義相砥(dǐ),過失相規,畏友也;緩急可共,
死生可託,密友也;甘言如飴(yí),遊戲征逐,
昵(nì)友也;利則相攘,患則相傾,賊友也。

——蘇浚《雞鳴偶記》

在道義上互相砥礪(lì),匡正過失,這是令人敬畏的朋友;無論
事情輕重緩急都能一起面對,並能託付生死,這是親密的朋友;用
甜言蜜語相互吹捧,終日嬉戲放蕩,這是親昵的朋友;有利可圖時
相互排擠,患難時相互傾軋(yà),這是害人的朋友。

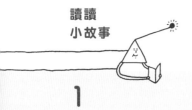

伯牙摔琴謝知音

　　春秋戰國時期，楚國有一位非常著名的音樂家，名叫俞伯牙。俞伯牙從小聰慧過人，有極高的音樂天賦。後來，俞伯牙成了傑出的琴師，許多人讚美他的琴藝，可他覺得沒有人真正聽懂他的琴聲。

　　某日，俞伯牙乘船沿江遊玩。船行至一座高山時，天公不作美，突然下起了大雨。於是，他把船停在山邊避雨。伯牙聽着淅瀝的雨聲，眼望雨打江面的生動景象，琴興大發。他拿出隨身帶來的琴，專心致志地彈了起來，彈了一曲又一曲。正當他完全沉醉在優美的琴聲中時，忽然感覺到有人在聽他彈琴。他定睛一看，見一個樵夫靜靜地站在岸邊。伯牙請樵夫上船，對他說：「我為你彈一首曲子吧。」隨即，他彈了一曲《高山流水》，樵夫聽着仿佛融入了山水中，身心無比自由通暢，不由讚歎道：「雄偉莊重，好像高聳入雲的泰山；寬廣浩蕩，好像無邊無際的江河。」伯牙大喜道：「這個世界上只有你才懂得我的琴聲，你真是我的知音啊！」這個樵夫就是鍾子期，兩個人一見如故，結為莫逆之交。伯牙與子期約定，來年中秋再來這裏相會。

　　時間過得真快啊！第二年中秋，伯牙如約來到這裏，可是他等啊等啊，怎麼也不見子期赴約。於是他彈起琴來召喚這位知音，又過了好久，還是不見人來。第二天，伯牙向一位老人打聽子期的下落，老人告訴他，子期已不幸染病去世了。臨終前，他留下遺言，要把墳墓修在江邊，到八月十五相會時，可聆聽伯牙的琴聲。伯牙萬分悲痛，他來到子期的墳前，淒楚地彈起了古曲《高山流水》。彈罷，他挑斷了琴弦，長歎一聲，把心愛的瑤琴在青石上摔了個粉碎。他悲傷地說：「我唯一的知音已不在人世了，這琴還彈給誰聽呢？」

　　伯牙子期的情誼流芳千古，人們在他們相遇的地方築起了一座古琴台。如今，美妙的樂曲還縈（yíng）繞在人們耳邊，知音難覓、知己難尋的故事也世世代代流傳。

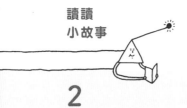

元白情深

　　人們常說「文人相輕」，但在中國古代的文壇，有兩個文人給後世留下了文人相親的佳話，他們就是白居易和元稹（zhěn）。青年時代的白居易和元稹有着相似的經歷和愛好，所以很快就成為無話不談的好朋友。共同的政治主張與抱負，又使得他們成為政治上的盟友。

　　元和十年（公元 815 年），白居易和元稹在長安久別重逢，兩人經常秉燭夜談，吟詩遣懷。可沒過多久，剛直不阿的元稹因為對官場腐敗深惡痛絕，得罪官場顯貴，被貶為通州司馬。同年，白居易也因為放蕩不羈，直言進諫，要求追查刺殺宰相武元衡一案，被權臣嫉恨，憲宗聽信讒言，將他貶為江州司馬。

　　白居易內心愁緒無限，在淒淒秋風中離開長安。他一路沿着元稹被貶時走過的路，尋找着好友留下的墨跡。一日他行至藍橋驛時，一下馬，便在驛站的牆柱上發現了元稹路過這裏時寫的一首《西歸》，讀後百感交集，提筆在旁邊寫了一首《藍橋驛見元九詩》：

> 藍橋春雪君歸日，秦嶺秋風我去時。
> 每到驛亭先下馬，循牆繞柱覓君詩。

　　白居易離開藍橋驛，經過商州、襄陽，由漢水乘舟而行。在途中，他反覆吟詠好友元稹的詩篇，來慰藉自己孤獨的心情。情之所至，他提筆寫下《舟中讀元九詩》：

> 把君詩卷燈前讀，詩盡燈殘天未明。
> 眼痛滅燈猶暗坐，逆風吹浪打船聲。

　　元稹聽說白居易被貶江州，極度震驚，不顧臥病在床，提筆給白居易寫信，並賦詩一首《聞樂天授江州司馬》：

> 殘燈無焰影幢（chuáng）幢，此夕聞君謫九江。
> 垂死病中驚坐起，暗風吹雨入寒窗。

　　白居易收到來信，被好友的關愛之情深深感動，他覆信給元稹道：「『垂死病中驚坐起』，這句詩就是不相干的人看了都會不忍卒（zú）讀，何況是我呢？到現在每每看到它，我心裏還是淒惻難忍。」

　　元稹收到回信，信未拆開就已淚眼模糊。妻子和女兒不知出了何事，驚得不知所措。元稹告訴她們，自己很少動容，只有在

接到白居易來信時才會如此。元稹當即又寫下一詩《得樂天書》，
寄給白居易：

> 遠信入門先有淚，妻驚女哭問何如。
>
> 尋常不省曾如此，應是江州司馬書。

之後，元稹又收到白居易的詩《夢微之》，詩中寫道：

> 晨起臨風一惆悵，通川湓（pén）水斷相聞。
>
> 不知憶我因何事，昨夜三回夢見君。

元白二人的情誼從這些詩中可見一斑。斯人已逝，但他們的
深厚友誼早已跨越時空，亘古不變。

小練習，
做 一 做 ！

學習了前面的名言，你現在領會了它們的意思嗎？你會使用這些名言名句嗎？下面有一些小練習，來試試看吧！

1. 同學們，你們擇友有甚麼標準嗎？從（a）這段話中，我們便可知道哪些朋友是益友，哪些朋友是損友。

2. 假如你同學的品行為你所不齒，你最好不要與他成為朋友，因為古人早就說過（b）。

3. 在學校作文大賽中，很多同學通過作文展示自己的才情與心靈，讓更多的人瞭解自己、走近自己，在與志同道合的朋友結交時，自己的品德修養不斷得到提高，這不正是古人所提倡的（c）嗎？

4. 同學們之間的友誼是最純真的，不含任何功利之心，長久而親切，不像一些因為利益而結交的「狐朋狗友」，難以長久，所以古人會說（d）。同學們，從現在起我們要好好珍惜與朋友之間的友誼！

5. 課堂上，老師經常引導同學們進行小組合作，因為與他人一起學習能夠取長補短，提高學習效率，古人不就說過（e）嗎？

6. 常言道：「近朱者赤，近墨者黑。」與品學兼優的同學交往會促使你變得優秀，與品行不佳的同學交往會讓你逐漸沉淪，難怪古人會說（f）。

7. 畢業之際，同學們依依惜別，互留贈言、紀念品，此時我們可以用一句詩（g）來表達同學之間的送別之情。

（a）＿＿＿＿＿＿＿＿＿＿＿＿＿＿＿＿＿＿＿＿＿＿＿

（b）＿＿＿＿＿＿＿＿＿＿＿＿＿＿＿＿＿＿＿＿＿＿＿

（c）＿＿＿＿＿＿＿＿＿＿＿＿＿＿＿＿＿＿＿＿＿＿＿

（d）＿＿＿＿＿＿＿＿＿＿＿＿＿＿＿＿＿＿＿＿＿＿＿

（e）＿＿＿＿＿＿＿＿＿＿＿＿＿＿＿＿＿＿＿＿＿＿＿

（f）＿＿＿＿＿＿＿＿＿＿＿＿＿＿＿＿＿＿＿＿＿＿＿

（g）＿＿＿＿＿＿＿＿＿＿＿＿＿＿＿＿＿＿＿＿＿＿＿

第七單元

勤奮好學

有話對你說

「少而好學，如日出之陽；壯而好學，如日
中之光；老而好學，如炳燭之明。」只有勤奮
學習的人，才有膽識不斷改變、不停進取，才
能達到「苟日新，日日新，又日新」的境界。

名 句
1 2 3

1　不學牆面。

——《尚書・周官》

人如果不學習，就像面對牆壁站着，一物不可見，一步不能行。

2　子曰：「君子食無求飽，居無求安，敏於事而慎於言，就有道而正焉，可謂好學也已。」

——《論語・學而》

孔子說：「君子飲食不求飽足，居住不要求舒適，做事勤勞機敏，說話小心謹慎，到有道的人那裏去匡正自己，這樣可以說是好學了。」

3　子曰：「學而不思則罔，思而不學則殆（dài）。」

——《論語・為政》

孔子說：「只學習而不思考就會感到迷茫而無所適從，只空想而不學習就會感到疑惑。」

名句
1 2 3

4　子曰：「默而識（zhì）之，學而不厭，誨人不倦，
　　　何有於我哉？」

　　　　　　　　　　　　　　　　　　　　——《論語・述而》

　　　孔子說：「默默地記住所學的知識，努力學習而不厭棄，教誨別人
　　　而不疲倦，對我來說（做到這些）有甚麼問題呢？」

5　子曰：「三人行，必有我師焉。擇其善者而從之，
　　　其不善者而改之。」

　　　　　　　　　　　　　　　　　　　　——《論語・述而》

　　　孔子說：「幾個人一起走路，其中必有值得我效法的人。我選取他
　　　的優點來學習，看出他的缺點並對照自己加以改正。」

6　子曰：「蓋有不知而作之者，我無是也。多聞，擇
　　　其善者而從之；多見而識之。知之次也。」

　　　　　　　　　　　　　　　　　　　　——《論語・述而》

　　　孔子說：「總有一種自己不懂卻憑空穿鑿附會的人，我沒有這種毛
　　　病。多聽，選擇其中好的來接受；多看，全記在心裏。這樣的知，
　　　是僅次於『生而知之』的。」

7　學不可以已。

　　　　　　　　　　　　　　　　　　　　——《荀子・勸學》

　　　學習不可以停止。

8　子夏曰：「日知其所亡（wú），月無忘其所能，可謂好學也已矣。」

——《論語·子張》

子夏說：「每天學習一些新知識，每月溫習已掌握的知識，可以說是好學了。」

9　博學之，審問之，慎思之，明辨之，篤行之。有弗學，學之弗能，弗措也；有弗問，問之弗知弗措也；有弗思，思之弗得，弗措也；有弗辨，辨之弗明，弗措也；有弗行，行之弗篤，弗措也。人一能之，己百之；人十能之，己千之。果能此道矣，雖愚必明，雖柔必強。

——《中庸》

廣泛學習，詳細詢問，周密思考，明確辨別，切實實行。要麼不學，一旦學習，沒有學會絕不甘休；要麼不問，一旦詢問，沒問明白絕不甘休；要麼不思考，一旦思考，沒有所得絕不甘休；要麼不分辨，一旦分辨，沒辨明白絕不甘休；要麼不實行，一旦實行，不做到圓滿絕不甘休。別人用一分的努力就能做到的，我用一百分的努力去做；別人用十分的努力做到的，我用一千分的努力去做。若真能做到這種地步，即使愚笨也可聰明起來，即便柔弱也可剛強起來。

10　吾嘗終日而思矣，不如須臾（yú）之所學也。

——《荀子・勸學》

我曾經整天思索，卻不如學習片刻所得。

11　積土成山，風雨興焉；積水成淵，蛟（jiāo）龍生焉；積善成德，而神明自得，聖心備焉。故不積跬（kuǐ）步，無以至千里；不積小流，無以成江海。騏驥（qí jì）一躍，不能十步；駑（nú）馬十駕，功在不舍。鍥（qiè）而舍之，朽（xiǔ）木不折；鍥而不捨，金石可鏤（lòu）。

——《荀子・勸學》

小土塊堆積成山，風雨就從那裏興起；水流匯成深淵，蛟龍就在那裏誕生；積累善行，形成高尚的品德，自然能達到最高的智慧，具備聖人的精神境界。所以，不積累一步半步的行程，就沒辦法到達千里之遠；不積累細小的流水，就沒辦法匯成江河大海。千里馬一躍，不足十步遠；劣馬走十天，也能走得很遠，牠的成功就在於不停地走。刻一下就停下來，腐爛的木頭也刻不斷；不停地刻下去，堅硬的金屬和石頭也能雕刻成形。

12　玉不琢（zhuó），不成器；人不學，不知道。

——《禮記・學記》

玉石不加以雕琢，就不會成為一件好器物；人不經過學習，就不會通曉道理。

名 句
1 2 3

13 學然後知不足，教然後知困。知不足，然後能自
反也；知困，然後能自強也。

——《禮記・學記》

通過學習才能知道自己的不足，通過教人才能感到困惑。知道自己
的不足，然後能自我反省；感到困惑，然後能發憤圖強。

14 善學者，師逸而功倍，又從而庸之。不善學者，
師勤而功半，又從而怨之。

——《禮記・學記》

善於學習的人，老師不大費力，卻可以達到事半功倍的效果，他還
會把學習成果歸功於老師；不善於學習的人，老師教得吃力，卻事
倍功半，還會埋怨老師。

15 非學無以廣才，非志無以成學。

——諸葛亮《誡子書》

不學習就無法增長才幹，不立志就無法學有所成。

16 積學以儲寶，酌（zhuó）理以富才。

——劉勰（xié）《文心雕龍》

努力學習，積累知識，就像儲存珍寶一樣；斟酌辨析事理，用以增
長自己的才幹。

名句
123

17　業精於勤，荒於嬉；行成於思，毀於隨。

—— 韓愈《進學解》

學業由於勤奮而專精，由於玩樂而荒廢；德行由於獨立思考而有所
成就，由於不加思考因循隨俗而敗壞。

18　博觀而約取，厚積而薄發。

—— 蘇軾《稼說送張琥》

只有廣見博識，才能擇其精要而取之；只有積累豐厚，到需要時才
能得心應手地選取運用。

19　學而不化，非學也。

—— 楊萬里《庸言》

只知學習，卻不能夠融會貫通，不是有意義的學習。

20　力學如力耕，勤惰爾自知。但使書種多，會有歲
稔（rěn）時。

—— 劉過《書院》

努力學習和努力耕種一樣，態度究竟是勤勉還是懶惰你自己知道。
只要多讀書，播下知識的種子，自然會有收穫的時候。

聰明人，下笨功夫

　　孔子是春秋時期著名的思想家、教育家，儒家學派創始人。他年少時就勤奮好學，後因知識淵博而聞名遐邇。他弟子三千，其中有賢者七十二人。他曾帶領弟子周遊列國十四年，他的思想及學說對後世產生了極其深遠的影響。

　　孔子晚年特別喜歡研讀《易經》，達到了手不釋卷的程度。《易經》是羣經之首、大道之源，其內涵深邃難懂，想參透它的真諦，不是件容易的事情。可孔子一遍遍翻閱，反覆思量，樂此不疲。

　　春秋時期的書以竹子為材料製成，先把竹子破成竹板，再削成一根根竹簽，稱為竹簡。一片竹簡只限寫一行字，寫完一部書要用很多竹簡。竹簡必須用牢固的繩子編連起來，才能成為一部前後相接的書籍。通常，用絲線編連的叫「絲編」，用麻繩編連的叫「繩編」，用熟牛皮繩編連的叫「韋編」。其中，熟牛皮繩最為牢固。上萬字的《易經》需要堆積如山的竹簡編連，分量相當沉重。

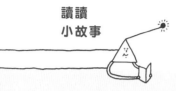

　　孔子花了很長時間才把《易經》通讀了一遍，但這只是瞭解了《易經》的要義。於是，他接着讀第二遍、第三遍……以至於將編連竹簡的熟牛皮繩磨斷了多次。經過反覆研讀，孔子終於有所得，寫出心得十篇，名為《十翼》。後人將其在《易經》後面，作為《易經》的續篇。孔子讀《易經》達到了這樣的境界，可他卻說：「如果讓我多活幾年，到五十歲的時候去學習《易經》，便可沒有大過錯了。」

小練習，
做 一 做 ！

學習了前面的名言，你現在領會了它們的意思嗎？你會使用這些名言名句嗎？下面有一些小練習，來試試看吧！

1. 古人說（a），可見學習何等重要。活到老，學到老，這是每個人都應該堅持的，因為學習可以突破狹隘，讓我們看得更多，走得更遠。

2. 古人說：（b）。每個人身上都有閃光點，有的同學學習好，有的同學見識廣，有的同學動手能力強……然而，沒有人能十全十美，大家總有些不如他人的地方。所以，無論與何人交往，都要有意識地取長補短。

3. 有的同學只知死記硬背，不知用心理解；有的同學只知天馬行空地瞎想，不去實實在在地做一道題。這兩類學生考起試來都錯漏百出，所以老師常常告誡我們，學習與思考缺一不可，正所謂（c）。

4. 怎樣做才稱得上好學呢？古人早已給出了答案，（d）。看來，好學的孩子懂得溫故知新的道理，他們每天探索新知識，按時鞏固老知識，所以進步那麼快啊！

5. 不管學習多苦多累，都要堅持下去，不要厭惡或放棄；不管同學多頻繁地向你請教，也不要因為嫌麻煩而不耐煩。這就是古人說的（e）。

6.（f）通過這個比喻，我們知道學習是一個不斷積累的過程。就算天賦再好，也不可能一蹴（cù）而就，掌握真理；就算天資魯鈍，只要鍥而不捨地堅持學習，也能漸漸通達。

7. 有的同學有點進步就沾沾自喜，放鬆對自己的要求，這時老師會提醒他們（g），學無止境，不進則退哦！

8. 懶怠和驕傲足以毀掉一個天才，要知道（h）。只有不斷磨礪，玉石才能散發出耀眼的光芒；只有艱苦學習，人才能知情達理。

9. 學習需要活潑的想像力，將零散的知識點串聯起來，然後舉一反三、聞一知十。只知零碎地強記知識點，這是毫無意義的，正所謂（i）。

（a） _____

（b） _____

（c） _____

（d） _____

（e） _____

（f） _____

（g） _____

（h） _____

（i） _____

第八單元

培養習慣

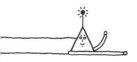

有話對你說

　　葉聖陶先生曾經說過:「教育是甚麼?往簡單方面說,只需一句話,就是要養成良好的習慣。」好習慣的養成越早越好,因為良好的習慣是一個人終身受益的財富,是走向成功的基礎。

名 句
1 2 3

1 習與性成。

——《尚書‧太甲上》

長期習慣於怎樣,就會養成怎樣的習性。

2 少成若天性,習慣如自然。

——《漢書‧賈誼傳》

年少時養成的習慣就像人的天性一樣自然、堅固,很難改變。

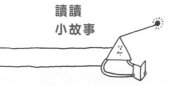

讀讀
小故事

蘇洵教子

　　「唐宋八大家」，又稱「唐宋古文八大家」，是唐代韓愈、柳宗元和宋代蘇軾、蘇洵、蘇轍、歐陽修、王安石、曾鞏八位散文家的合稱。在「唐宋八大家」裏，蘇家獨佔三席，可以稱得上文壇奇觀。李白、杜甫、陶淵明才華出眾，可是他們的後代都很平庸，中國古代文壇如果以家庭為單位進行比賽，冠軍非蘇家莫屬。

　　在蘇家，蘇軾無疑是代表人物，他生性放達，為人率真，平素好交友，好美食，好品茗，亦好遊山林。他學貫儒、釋、道，是宋代文學成就最高的代表，在詩、詞、散文、書、畫等方面有很高的造詣。蘇洵是蘇軾、蘇轍的父親，即《三字經》裏提到的「二十七，始發憤」的「蘇老泉」。因悔於自己「少壯不努力」，所以他對兩個兒子的培養可謂下足了功夫。話說蘇軾、蘇轍兄弟倆，小時候非常調皮貪玩，對任何事情都充滿了好奇心，可是他們坐不住冷板凳，做事情沒有耐心，更不喜歡讀書。蘇洵看在眼裏，急在心裏。他為了培養兩個兒子，用了許多辦法都不

見效。但蘇老爹相信自己的孩子有非凡的潛能，此時正是孩子們最有創造力的時候，若能好好引導他們養成愛讀書的好習慣，日後一定能學有所成。苦思冥想之後，蘇老爹終於想出一條妙計。當兩個兒子玩耍時，他就躲在一個他們看得見的角落看書，兩兄弟十分好奇，不知道父親偷偷摸摸地躲起來幹甚麼，於是跑過去一探究竟。可等到兄弟倆走近了，蘇洵就故意把書藏起來，這下可更加刺激兄弟倆的好奇心了。於是，他們趁父親不在家的時候，把書偷出來，認真地讀起來。久而久之，兄弟倆漸漸迷上了讀書，切切實實感受到了讀書的無窮樂趣。

正是有了父親的悉心教誨，兄弟倆二十歲左右就在文壇初露鋒芒。當時蘇洵帶着兩個兒子赴京參加科舉考試，當時的主考官是文壇領袖歐陽修，小試官是詩壇宿將梅堯（yáo）臣。蘇軾和蘇轍小試牛刀，便同榜應試及第，轟動京師。此後，兄弟二人發揮所長，在文壇大放異彩。兄弟二人取得如此成就，除了天資聰穎、踏實苦學以外，要歸功於父親蘇洵別出心裁的教育方式。他

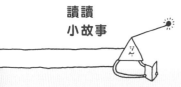

**讀讀
小故事**

針對孩子們好奇貪玩的天性，巧用妙招，因勢利導，不強迫、不說教，循序漸進地培養他們熱愛讀書的好習慣，穩穩當當地把他們引進文學的殿堂，從而造就了「一門父子三詞客，千古文章八大家」的文壇奇跡。

小練習，
做 一 做 ！

學習了前面的名言，你現在領會了它們的意思嗎？你會使用這些名言名句嗎？下面
有一些小練習，來試試看吧！

1.（a），所以同學們一定要養成好習慣，書寫整潔的習慣會造就你
有條理愛清潔的性格，仔細檢查作業的習慣會造就你認真嚴謹的
性格。

2.（b），所以年級越低，比起知識的灌輸，老師更重視習慣的培
養。從小養成的習慣，足以影響人的一生。

（a）＿＿＿＿＿＿＿＿＿＿＿＿＿＿＿＿＿＿＿＿＿＿＿

（b）＿＿＿＿＿＿＿＿＿＿＿＿＿＿＿＿＿＿＿＿＿＿＿

第九單元

積極樂觀

有話對你說

選擇甚麼樣的心態，就會秉持甚麼樣的處世態度，採取甚麼樣的行為，產生甚麼樣的結果。所以，不論何時何地，面對何事何物，都應積極樂觀。

名句
1 2 3

1　否（pǐ）極泰來。

——《周易》

逆境達到極點，就會向順境轉化。

2　禍兮，福之所倚；福兮，禍之所伏。

——《道德經》

災禍啊，幸福倚傍在它裏面；幸福啊，災禍藏伏在它之中。

3　一簞食，一瓢飲，在陋巷，人不堪其憂，回也不改其樂。

——《論語‧雍也》

一竹筐飯，一瓢水，住在小巷子裏，別人都受不了那窮苦的憂愁，顏回卻不改變他自有的快樂。

4　其為人也，發憤忘食，樂以忘憂，不知老之將至云爾。

——《論語‧述而》

他這個人啊，發憤用功，連吃飯都忘了，快樂得把一切憂愁都忘了，不知道衰老即將到來，如此而已。

5　子畏於匡，曰：「文王既沒，文不在茲乎？天之將喪斯文也，後死者不得與於斯文也；天之未喪斯文也，匡人其如予何？」

——《論語‧子罕》

孔子被匡地的羣眾拘禁時說：「周文王死了以後，一切文化遺產不都在我這裏嗎？上天如果要消滅這種文化，那我就不會掌握這種文化了；上天如果不要消滅這種文化，那匡人又能把我怎麼樣呢？」

6　塞翁失馬，焉知非福。

——《淮南子‧人間訓》

住在邊塞附近的一個老人丟失了一匹馬，怎麼知道這不是件好事呢？

7　不戚戚於貧賤，不汲（jí）汲於富貴。

——陶淵明《五柳先生傳》

不為貧賤而憂愁，不熱衷於追求富貴。

8　失之東隅（yú），收之桑榆（yú）。

——《後漢書‧馮岑賈列傳》

指在某處先有所失，在另一處終有所得。（東隅：指日出處，藉指早晨。桑榆：兩種樹名，指日落時餘暉映照之處，藉指傍晚）比喻初雖有失，但終得成功。

9　沉舟側畔（pàn）千帆過，病樹前頭萬木春。

——劉禹錫《酬樂天揚州初逢席上見贈》

翻覆的船隻旁仍有千千萬萬艘帆船爭先出發，枯萎的樹木前方還有萬千林木欣欣向榮。

10　山重水複疑無路，柳暗花明又一村。

——陸游《遊山西村》

山巒重疊，水流曲折，正擔心無路可走，忽見柳色濃綠，花色明麗，又一個村莊出現在眼前。

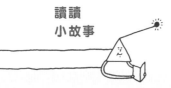

讀讀
小故事

我只看我所擁有的，
不看我所沒有的

「我只看我所擁有的，不看我所沒有的。」這句話出自一個從小患有腦性麻痹症的女子之手，她叫黃美廉。

1964 年，黃美廉出生於台灣台南，出生時由於腦部神經受到嚴重傷害，以致顏面、四肢肌肉失去正常作用。自此，她肢體失去平衡，手腳還會時不時地亂動；發聲講話的能力被剝奪，嘴向一邊扭曲，口水流淌不止。她沒有正常的生活自理能力，更談不上求學、工作、前途與幸福，連醫生都判定她活不過六歲。

可是，她從沒放棄過。十四歲時，黃美廉隨全家移民到美國，她憑藉頑強的意志就讀於洛杉磯市立大學，之後考上加州州立大學洛杉磯分校藝術學院，並取得藝術學博士學位。她靠抒寫自己的情感成為作家，靠手中的畫筆成為畫家，並多次在台灣舉辦畫展。

一次，黃美廉到某地做演講，一位年輕的學生貿然提問：「黃博士，你從小就長成這個樣子，請問你怎麼看待你自己？你沒有怨恨過嗎？」

此話一出，全場鴉雀無聲，大家暗自捏一把冷汗，生怕這個尖刻的問題深深刺傷她的心。出乎意料的是，黃美廉沒有半點惱怒，她微微一笑，轉過身來，用粉筆在黑板上鄭重地寫道：我怎麼看自己？

然後她停下來，回頭看了看大家，嫣然一笑，轉身有條不紊地寫着：我好可愛！我的腿長得很美！我的爸爸媽媽很愛我！上帝會公平地對待每一個人！我會畫畫，我會寫稿子！我還有一隻可愛的貓……

黃美廉一下子寫出了幾十條讓她熱愛生活的理由，並且她愛得那樣理直氣壯。整個會場非常安靜，大家聚精會神地看着眼前的一切，感動得熱淚盈眶，再也沒有人多說話了。

黃美廉轉過身來看了大家一眼，再次轉過身去，在黑板上重重地寫下了一句話：我只看我所擁有的，不看我所沒有的……頓時，整個會場響起了雷鳴般的掌聲，經久不息。

讀讀
小故事

　　黃美廉曾說：「如果你認為這個世界不公平，並因此放棄了自己的機遇和選擇，那麼，真正應該對你的失敗負責的，恰恰是你自己的放棄，而不是這個世界的不公平。相反，在不公平面前，如果你能振作自己的精神，擁有樂觀、豁達的心胸和良好的態度，並下定決心克服障礙、繼續前行，說不定你還會取得別人意想不到的成功和收穫呢。」是啊，無須抱怨命運的不濟，不要只看自己沒有的，而要多看自己所擁有的，我們就會感到其實我們很富有。

小練習，
做 一 做 ！

學習了前面的名言，你現在領會了它們的意思嗎？你會使用這些名言名句嗎？下面
有一些小練習，來試試看吧！

1. 榮辱自古周而復始。當你處於順境時，不要驕傲自滿，否則禍
患很快來臨，當你處於逆境時，也不要灰心失意，因為古人曾言
（a），逆境中很會有轉機出現。

2. 因為身體缺陷，他沒法像正常的小朋友那樣自由蹦跳，這是他的
不幸；正是因為他的身體缺陷，老師和同學都格外關愛他，這又是
他的幸福；可他仗着大家對他的關愛，常常無理取鬧，令大家漸漸
對他疏遠，這又成了他的不幸。可見，福禍只有一線之隔，正如古
人所說（b），只看你如何把握。

3. 無論何時都不要絕望，即使你以為已經走到盡頭，無法前進一
步。要相信，隨着事態發展，隨時都可能出現轉機，有句古詩說得
好：（c）

4. 他在 100 米比賽中沒有拼盡全力，痛失冠軍，但是保留了一些
體力，在隨後的 400 米比賽中輕鬆奪冠，這難道不是（d）嗎？

（a） _____

（b） _____

（c） _____

（d） _____

第十單元

堅韌頑強

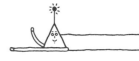

有話對你說

　　「不如意事常八九，可與人言無二三。」生活本就如此，苦樂參半，困苦、打擊、疾病、傷痛等各種挫折之於生命猶如棘刺之於玫瑰。面對挫折應該坦然面對、頑強堅韌，如果唉聲歎氣、駐足不前，生命就會在哀怨中流走。失敗並不可怕，可怕的是面對失敗倒下的意志。即使艱難困苦、風霜雨雪將你緊緊束縛，也不要心灰意冷，只要懷揣信仰，便能義無反顧，勇敢前行。

名句
1 2 3

1　天行健，君子以自強不息。

——《周易》

天道剛健，君子應效法天道，自立自強，不停地奮鬥下去。

2　子曰：「志士仁人，無求生以害仁，有殺身以成仁。」

——《論語·衛靈公》

孔子說：「志士仁人，沒有貪生怕死而損害仁德的，只有勇敢犧牲來成全仁德的。」

3　富貴不能淫，貧賤不能移，威武不能屈，此之謂大丈夫。

——《孟子·滕（téng）文公下》

富貴不能使他驕狂，貧賤不能使他改變心志，威武不能使他屈服，這樣才叫作大丈夫。

4　天將降大任於是人也，必先苦其心志，勞其筋骨，餓其體膚，空乏其身，行拂（fú）亂其所為，所以動心忍性，曾益其所不能。

——《孟子·告子下》

上天將要把重大任務落到某人身上，一定要先使他的意志受到磨練，使他的筋骨勞累，使他的身體忍饑挨餓，使他備受貧困之苦，使他的所作所為總是不能如意，這樣便可以震動他的心意，堅韌他的性情，增長他的才幹。

5 亦余心之所善兮，雖九死其猶未悔。

—— 屈原《離騷》

這是我心中嚮往的東西，縱然為此死掉無數次，我也不會後悔。

6 路漫漫其修遠兮，吾將上下而求索。

—— 屈原《離騷》

前面的道路啊又遠又長，我將上天入地求索真理。

7 古者富貴而名摩（mó）滅，不可勝記，唯倜儻（tì tǎng）非常之人稱焉。蓋文王拘而演《周易》；仲尼厄而作《春秋》；屈原放逐，乃賦《離騷》；左丘失明，厥（jué）有《國語》；孫子臏腳，《兵法》修列；不韋遷蜀，世傳《呂覽》；韓非囚秦，《說難》《孤憤》；《詩》三百篇，大底聖賢發憤之所為作也。

—— 司馬遷《報任少卿書》

自古以來，富貴而名字埋沒不傳的人，多得無法記載，只有那些卓異而非同尋常的人才能流芳百世。西伯姬昌被拘禁而擴寫《周易》；孔子處於困窘（jiǒng）境地而作《春秋》；屈原被放逐，才創作了《離騷》；左丘明失去視力，才有《國語》；孫臏被截去膝蓋骨，《兵法》才撰寫出來；呂不韋被貶謫蜀地，《呂氏春秋》才流傳於世；韓非被囚禁在秦國，才寫出《說難》《孤憤》；《詩經》三百篇，大都是聖賢們抒發憤慨而作的。

8　千淘萬漉（lù）雖辛苦，吹盡狂沙始到金。

　　　　　　　　　　　　　　——劉禹錫《浪淘沙九首・其八》

淘金要過濾（lù）千遍萬遍，雖然辛苦，但只有淘盡泥沙，才會露出閃亮的黃金。

9　以不息為體，以日新為道。

　　　　　　　　　　　　　　——劉禹錫《問大鈞賦》

以堅持追求為根本，以每天創新為途徑。

10　殘雪壓枝猶有橘，凍雷驚筍欲抽芽。

　　　　　　　　　　　　　　——歐陽修《戲答元珍》

未融盡的積雪壓彎了樹枝，枝上還掛着去年的橘子；寒冷的天氣，春雷震動，似乎在催促着竹筍趕快抽芽。

11　凡今天下之論議我者，苟能取以為善，皆是砥礪切磋我也，則在我無非警惕修省進德之地矣。

　　　　　　　　　　　　　　——王陽明《傳習錄》

現在天下凡是批評我的人，如果能從中獲得益處，那都是在和我磨礪切磋，對於我來說，無非是警惕反省、增進德行的機會。

名句
123

12 寶劍鋒從磨礪出，梅花香自苦寒來。

——《增廣賢文》

寶劍的銳利刀鋒是從不斷的磨礪中得到的，捱過寒冷冬季的梅花更加幽香。

13 咬定青山不放鬆，立根原在破巖中。千磨萬擊還堅勁，任爾東西南北風。

——鄭板橋《題竹石畫》

竹子咬住了青山就絕不肯放鬆，根須已經深紮在岩石縫隙之中。歷經千萬次磨礪仍然堅韌，任憑颳東西南北風也巋然不動。

14 大江歌罷掉頭東，邃密羣科濟世窮。面壁十年圖破壁，難酬蹈海亦英雄。

——周恩來

氣勢豪邁的歌剛唱完便東渡日本，為挽救國家危亡而精心研讀各門科學。十年苦讀是想為祖國和人民幹一番大事業，即使目標達不到，理想無法實現，投海殉（xùn）國也是英雄。（另譯為：即使為了革命需要，放棄出洋留學追求真理的志向也是英雄）

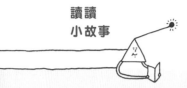

**讀讀
小故事**

　　雙耳失聰的音樂家貝多芬說:「我要扼住命運的喉嚨,它別妄想讓我屈服!」美國奧運隊伍中,有一位曾在死亡線上掙扎,險些被鋸掉雙腿,最後卻憑藉驚人毅力戰勝病魔,在隨後的奧運會上連奪獎牌的 37 歲老將蓋爾・德弗斯,她說:「只要我活着,就一定要重返跑道。」他們坦然接受生活帶來的磨難,堅強地活着,成為生命的主宰。

小練習，
做 一 做 ！

學習了前面的名言，你現在領會了它們的意思嗎？你會使用這些名言名句嗎？下面有一些小練習，來試試看吧！

1.（a）在革命戰爭年代，革命烈士為了國家大義堅貞不屈、視死如歸。他們雖已逝去，但他們仁愛百姓、心繫家國的精神成了一座座永恆的豐碑。

2.（b）的確如此，不管家境優越，還是一貧如洗，不管別人如何逼迫，都不輕易改變自己的志向，這樣的人定能成為人中龍鳳。

3.（c）想想我們自己，讀完了小學還有初中在等待我們，讀完了初中還有高中在等待我們，讀完了高中還有大學在等待我們。讀完了大學呢？還有一所名叫社會的大學等待着我們。我想，我們的一生都要永不停息地追尋真理。

4. 想起古人所言（d），我暗暗下定決心：假如我成為一名解放軍戰士，我一定要為守衛祖國奉獻終身，哪怕自己的生命；假如我成為一名醫生，我一定要為解除病人的病痛竭盡全力，哪怕累倒在病床前；假如我成為一名人民公僕，我一定要為人民利益鞠躬盡瘁，死而後已。

5. 或許挫折讓你一蹶不振、灰心失意，但是你要堅信「是金子總會發光的」，只是需要你經過千百次磨礪，正所謂（e）。

6 現在的小學生其實很辛苦，不是嗎？一早就要趕到學校，放學後有寫不完的作業，甚至午休時間也要上課，雙休日還要補課。但是，（f），為了今後的輝煌，現在的辛苦拼搏不是很值得嗎？

（a）　_____

（b）　_____

（c）　_____

（d）　_____

（e）　_____

（f）　_____

第十一單元

責任擔當

有話對你說

　　梁啟超在《少年中國說》中寫道:「故今日之責任,不在他人,而全在我少年。少年智則國智,少年富則國富,少年強則國強,少年獨立則國獨立,少年自由則國自由,少年進步則國進步,少年勝於歐洲,則國勝於歐洲,少年雄於地球,則國雄於地球。」

名 句
1 2 3

1　曾子曰：「士不可以不弘毅，任重而道遠。仁以為
　　己任，不亦重乎？死而後已，不亦遠乎？」

——《論語·泰伯》

曾子說：「讀書人不可以不心胸寬廣和意志剛強，因為他們任務重
大而前程遙遠。他們把實現仁德作為自己的任務，這任務難道還不
重大嗎？他們為理想奮鬥到死才停止，這路途難道還不遙遠嗎？」

2　先天下之憂而憂，後天下之樂而樂。

——范仲淹《嶽陽樓記》

在天下人憂慮之前先憂慮，在天下人快樂之後才歡樂。

3　位卑未敢忘憂國。

——陸游《病起書懷》

雖然自己職位低微，但是從不敢忘記憂慮國事。

4　時窮節乃見（xiàn），一一垂丹青。

——文天祥《正氣歌》

時運艱危的時候義士就會出現，他們的光輝形象將一一記在史冊
上，名垂後世。

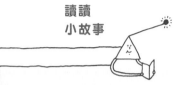

讀讀
小故事

種下責任的種子

很久以前，一個十二歲的小男孩和小夥伴踢足球，不小心將球踢到了鄰居的窗戶上，將一塊玻璃打碎。一個老人立即從屋裏跑出來，大聲責問是誰幹的。小夥伴急忙逃跑了，小男孩卻走到老人跟前，低頭向老人認錯，並請求老人原諒。可老人十分固執，一定要小男孩給個說法。小男孩委屈地哭了，老人只好同意小男孩回家拿錢賠償他的損失。

回到家中，闖了禍的小男孩將事情的經過告訴了父親。父親並沒有因為他年齡小而原諒他，而是板着臉一言不發，坐在一旁的母親一直為兒子說情。不知過了多久，父親才冷冰冰地說：「家裏雖然有錢，但禍是你闖的，你就應該對自己的過失負責。」然後，他掏出錢嚴肅地說：「這 15 美元我暫時借給你，你拿去賠給人家，不過，你必須想辦法還給我。」小男孩從父親手中接過錢，飛快地跑去賠給老人。

　　從此，小男孩一邊刻苦讀書，一邊利用閒置時間打工掙錢。由於年齡小，不能幹重活，他就到餐館幫別人洗盤子刷碗，有時還撿撿破爛。經過半年的努力，他終於掙夠了 15 美元，並自豪地還給了父親。父親欣慰地拍着他的肩膀說：「一個能為自己的過失負責的人，將來一定會有出息。」

小練習，
做 一 做 ！

學習了前面的名言，你現在領會了它們的意思嗎？你會使用這些名言名句嗎？下面有一些小練習，來試試看吧！

1.（a），雖然我們現在只是學生，但是我們不也應當關注國家和社會的發展進步嗎？

2.（b）眾所周知，南宋危急存亡之際，文天祥面對元朝的誘降，堅貞不屈，抗日戰爭時期，楊靖宇面對日本侵略者的威逼利誘，視死如歸。他們都是名垂青史的民族英雄，值得我們每個人敬仰與學習！

3. 周總理生活簡樸、工作勞苦，他為何要這樣呢？因為他有（c）的遠大抱負，所以他總是先想到人民，後想到自己。

（a）＿＿＿＿＿＿＿＿＿＿＿＿＿＿＿＿＿＿＿＿＿＿

（b）＿＿＿＿＿＿＿＿＿＿＿＿＿＿＿＿＿＿＿＿＿＿

（c）＿＿＿＿＿＿＿＿＿＿＿＿＿＿＿＿＿＿＿＿＿＿

合作共贏

有話對你說

　　如果說生存是一門藝術，合作便是基本功。鱷魚與牙籤鳥，小丑魚與海葵⋯⋯牠們互相照料而生存，正如我們相互合作，讓自己變得更加強大。人類的合作互利不止，文明前進的腳步就不會停止。孔子的弟子對恩師言行的整理編纂讓《論語》流芳百世；馬克思若是少了恩格斯的幫助，《資本論》便無法面世；跨國合作的人類基因組研究計劃，使世界對基因病理的認識有了巨大的跨越⋯⋯

　　在生活和學習中，合作必不可少。只有學會合作，互利共贏才能達到一加一大於二的效果。

名 句
123

1 二人同心，其利斷金。同心之言，其臭（xiù）如蘭。

——《周易‧繫辭上》

兩人同心，像刀那樣鋒利，可以切斷金屬。同心的話語，彷彿像蘭花那樣幽香。

2 上下同欲者勝。

——《孫子兵法‧謀攻》

全軍上下同心協力就會取得勝利。

3 眾心成城，眾口鑠（shuò）金。

——《國語‧周語下》

眾人同心協力，就像城牆一樣牢固；眾口一詞，能夠熔化金屬。

4 天時不如地利，地利不如人和。

——《孟子‧公孫丑下》

有利於作戰的天氣時令比不上有利於作戰的地理形勢，有利於作戰的地理形勢比不上戰鬥中人心所向、內部團結。

名 句
1 2 3

5　民齊者強，民不齊者弱。

——《荀子·議兵》

民眾齊心合力的國家就強盛，民眾不齊心的就衰弱。

6　一手獨拍，雖疾無聲。

——《韓非子·功名》

一隻手單獨拍掌，雖然速度很快，但發不出聲音來。

7　萬人操弓，共射一招，招無不中。

——《呂氏春秋·孟春紀·本生》

一萬人拿着弓箭，共同射向一個目標，這個目標沒有不被射中的。

8　千人同心，則得千人力；萬人異心，則無一人之用。

——《淮南子·兵略訓》

千人同心就能發揮一千人的力量，萬人異心則抵不上一個人的作用。

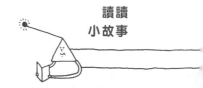

　　《莊子・徐無鬼》中記載了這樣一個故事：楚國郢（yǐng）都有個姓石的匠人技藝高超，他揮舞斧頭輕快得像風一樣。有一次，一個郢地人捏土時將一滴泥點濺到鼻尖上，輕薄得如蠅翼一般，便請匠人替他削掉。匠人揮動斧頭呼呼作響，隨手劈下削去泥點，那個郢地人的鼻子沒有絲毫損傷，他始終面不改色地站在那兒。宋元君聽說這件事，頗感好奇，便讓匠人對着自己表演一遍。匠人卻說：「我以前的確能做到，但是我的搭檔早就死了，如今我無法完成。」

　　這便是成語「運斤成風」的故事。縱使匠人技藝高超，沒有搭檔的配合和成全，他也無法發揮出來。宋代詩人王安石曾作詩讚歎道：「便恐世間無妙質，鼻端從此罷揮斤。」莊子講這個故事，正是為了感慨好友惠子逝去以後，他再也沒有傾心交談的朋友了。像莊子這樣偉大的哲學家，尚且需要切磋琢磨的朋友，何況平凡的我們呢？

小練習，
做 一 做 ！

學習了前面的名言，你現在領會了它們的意思嗎？你會使用這些名言名句嗎？下面有一些小練習，來試試看吧！

1.（a）可見，兩個人齊心協力所帶來的能量是相當巨大的。看過乒乓球雙打、羽毛球雙打、網球雙打、沙灘排球嗎？這些運動項目都需要兩個人齊心協力共同完成。雙打運動員之間的同心合力、心有靈犀和相互鼓勵，能為他們帶來更大勝算。

2. 老師努力教，學生努力學，這樣的班級往往名列前茅；教練費心教，隊員刻苦練，這樣的球隊往往戰無不勝；打仗更是這樣，將士們上下一心，往往所向披靡。所以，古人說：（b）

3. 古代行軍打仗講究天時地利人和，但是三者難以兼得。如果三選一，估計絕大多數人都會選擇人和，因為（c）

4. 數學老師給我們佈置了一道數學難題，並允許我們共同探討，大家的解題思路互相碰撞後，難題迎刃而解，正所謂（d）。

5. 俗話說「人心齊，泰山移」，只要人們心向一處想，力往一處使，就能發揮出移山填海的巨大力量；如果人心不齊，一個人的力量也發揮不出來。可見，（e）。

（a）＿＿＿＿＿＿＿＿＿＿＿＿＿＿＿＿＿＿

（b）＿＿＿＿＿＿＿＿＿＿＿＿＿＿＿＿＿＿

（c）＿＿＿＿＿＿＿＿＿＿＿＿＿＿＿＿＿＿

（d）＿＿＿＿＿＿＿＿＿＿＿＿＿＿＿＿＿＿

（e）＿＿＿＿＿＿＿＿＿＿＿＿＿＿＿＿＿＿

有容乃大

有話對你說

　　「海納百川，有容乃大。」大海無邊無際，其浩瀚的寬廣之美，深沉的內斂之美，雄壯的力量之美一直為文人墨客所稱道。大海胸懷博大，它坦然容納一切奔向他的朋友，無論清流還是污水，珍珠還是沙石……它用博大的胸懷包容它們，用豐富的養分滋養它們。

　　做人也應有大海一樣的胸懷，對他人多一分包容，多一分理解，多一分和善，便能少一分狹隘，少一分煩惱，少一分怨念。包容是一種寵辱不驚、萬事淡然的心態，是一種設身處地、心裝他人的品質，是一種笑對人生、樂觀忘我的境界。

名 句
123

1　必有忍，其乃有濟；有容，德乃大。

——《尚書·君陳》

一定要忍耐，才能成功；一定要寬容，道德才算高尚。

2　躬自厚而薄責於人，則遠怨矣。

——《論語·衞靈公》

多責備自己而少責備別人，就能遠離怨恨了。

3　己所不欲，勿施於人。

——《論語·衞靈公》

自己不想要的任何事物，不要強加給別人。

4　川澤納污，山藪（sǒu）藏疾，瑾瑜匿瑕（jǐn yú nì xiá），國君含垢（gòu），天之道也。

——《左傳·宣公十五年》

河流湖泊能容納污泥濁水，山林草莽（mǎng）中隱藏着毒蟲猛獸，美玉隱匿着瑕疵，國君含忍恥辱，這是上天的常道。

名句
1 2 3

5 太山不讓土壤，故能成其大；河海不擇細流，故
能就其深；王者不卻眾庶（shù），故能明其德。
—— 李斯《諫逐客書》

泰山不拒絕每塊泥土，所以能成就它的高大；江河湖海不捨棄細小
的水流，所以能成就它的深廣；稱王的人不捨棄民眾，所以能宣明
他的仁德。

6 大足以容眾，德足以懷遠。
——《淮南子·泰族訓》

胸懷博大足以容納眾人，德行足以使遠方的人歸附。

7 和以處眾，寬以接下，恕以待人，君子人也。
——《省心錄》

和氣地和眾人相處，寬容地對待下屬，以寬恕的態度對待有過失的
人，這樣的人才是君子啊。

8 君子浩海之氣，不勝其大；小人自滿之氣，不勝
其小。
—— 薛瑄《讀書錄》

沒有比君子如大海般浩瀚的氣度更大的了；沒有比小人自滿的小氣
量更小的了。

9　得饒人處且饒人。

——《說岳全傳》

能寬容別人的地方就不要揪住不放。指應知遷就和寬恕，不可把事情做絕。

10　海納百川，有容乃大；壁立千仞（rèn），無慾則剛。

—— 林則徐

大海因為有寬廣的胸懷才可容納成百上千條河流；高山因為沒有鈎心鬥角的私心雜念才可如此挺拔。

11　度盡劫波兄弟在，相逢一笑泯（mǐn）恩仇。

—— 魯迅《題三義塔》

經歷了劫難後，兄弟之間的情誼仍在，相逢的時候相視一笑，所有恩仇都讓它消散吧。

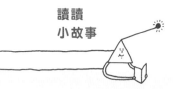

我是鞋匠的兒子

　　林肯（公元 1809 — 1865 年），美國政治家、思想家，黑人奴隸制的廢除者，美國第 16 任總統。他出生於一個貧困農民家庭，從小受過很多挫折與苦難，用他自己的話說，他的童年是「一部貧窮的簡明編年史」。在林肯當選美國總統的那一刻，整個參議院的議員們都感到尷尬，因為林肯的父親是個鞋匠。當時美國的參議員大部分出身於名門望族，自認為是上流社會的人，有着與生俱來的優越感，他們沒想到，今後要面對的總統是一個卑微的鞋匠的兒子。

　　當林肯首次在參議院發表演說時，這些自視甚高的參議員有了羞辱他的機會。當時，一個態度傲慢的參議員譏諷地說：「林肯先生，在你開始演講之前，我想提醒你一下，希望你記住自己是鞋匠的兒子。」全場哄笑，可林肯沒有動怒，他微笑着說：「先生，非常感謝您使我想起我的父親，他已經去世多年。我一定會記住您的忠告，我永遠是鞋匠的兒子。我知道，我做總統永遠無法像父親做鞋匠做得那樣好。」

　　此時，參議院鴉雀無聲。林肯對那個傲慢的議員說：「我知道，我父親曾為您的家人做過鞋子。如果您的鞋子不合腳，我可以幫您修理。雖然我不是出色的鞋匠，但我從小跟父親學會了做鞋子的技術，相信難不倒我的。」

　　然後，他又轉身面對所有參議員，平靜地說：「我一向一視同仁，如果你們穿的鞋是我父親做的，並且需要修理，我一定幫忙。但有一點需要聲明：我的手藝一定比不上我的父親，我敢肯定他的手藝是舉世無雙的。」說到這裏，林肯流下了眼淚，此時所有的嘲笑聲都化作真誠的掌聲。

　　林肯任職期間，有好朋友勸他：「你為甚麼試圖把打擊你的政敵變成朋友呢？對敵人，你應該想辦法打擊他們、消滅他們。否則，他們會在你以後的政治道路上為難你的。」林肯卻溫和地說：「我難道不是在消滅政敵嗎？當我們成為朋友時，政敵就不存在了。」

　　林肯是美國歷史上最有作為的總統之一，在以他的名字命名的紀念館中，鑴刻着他說過的這樣一段話：「對任何人不懷惡意；對一切人寬大仁愛；堅持正義，因為上帝使我們懂得正義；讓我們繼續努力去完成我們正在從事的事業，包紮我們國家的傷口。」

小練習，
做 一 做 ！

學習了前面的名言，你現在領會了它們的意思嗎？你會使用這些名言名句嗎？下面有一些小練習，來試試看吧！

1. 有的小朋友喜歡拿同學「尋開心」，但是當自己被惡搞的時候就不高興了，如果我是班主任，我會用（a）來教育這樣的小朋友。

2. 很多同學犯錯誤的時候，總是把責任推脫給其他同學，這樣往往會招致同學的不滿，這時我們要牢記古人的教誨：（b）。

3. 當你的同學弄倒了你的桌子，或踩壞了你的文具，或弄丟了你的書本時，如果他們向你表達了歉意，你切不可揪住不放，正所謂（c）。

4. 比胸懷氣度，我們要向君子看齊，千萬不能與小人相比，因為（d）。

5.（e），由此聯想到我們可愛的班主任。他能容得下形形色色的學生，一定胸懷寬廣；他能公正公平地處理層出不窮的班級問題，一定正直無私。

6. 或許你和他曾有過節，可是，想想你們共同度過的艱苦歲月，這點過節算得了甚麼呢？就讓它隨風而逝吧！有句名言說得好：（f）

(a) _____

(b) _____

(c) _____

(d) _____

(e) _____

(f) _____

第十四單元

立志有成

有話對你說

「有志者，事竟成，破釜（fǔ）沉舟，百二秦關終屬楚；苦心人，天不負，臥薪（xīn）嘗膽，三千越甲可吞吳。」立志對一個人來說是至關重要的。范仲淹立下「先天下之憂而憂，後天下之樂而樂」的大志，最終成為世人皆知的良才；王陽明從小立下讀書做聖賢的大志，後來果真成為一代聖賢。

「人無志，無以立」，一個人沒有志向就沒有前進的動力和目標，很容易在人生的關口迷失。人的一生中志向很多，立甚麼樣的志決定了將來能成為甚麼樣的人。古人云：「取乎其上，得乎其中；取乎其中，得乎其下；取乎其下，則無所得矣。」所以，少年從小要立大志，然後在「志」的引導下，持之以恆地去「學而時習之」，最後達到「己欲立而立人，己欲達而達人」的境界。

名句
123

1 子曰：「三軍可奪帥也，匹夫不可奪志也。」

——《論語‧子罕》

孔子說：「三軍的統帥可以被人抓去，一個人的志氣不能被人強迫改變。」

2 志不強者智不達。

——《墨子‧修身》

志向不堅定的人，才智也不會通達。

3 志之難也，不在勝人，在自勝也。

——《韓非子‧喻老》

立志的困難，不在於戰勝別人，而在於戰勝自己。

4 身可危也，而志不可奪也。

——《禮記‧儒行》

身體可以受到傷害，但志向不可改變。

5 老驥伏櫪（lì），志在千里；烈士暮年，壯心不已。

——曹操《龜雖壽》

年老的千里馬臥在馬槽裏，但牠仍有馳騁千里的雄心壯志；有遠大抱負的人到了晚年，奮發思進的雄心也不會止息。

6 志當存高遠。

—— 諸葛亮《誡外甥書》

一個人應當懷抱高遠的志向。

7 堅志者，功名之主也。

—— 葛洪《抱樸子 · 廣譬（pì）》

堅定的志向，是獲得功勳榮譽的根本。

8 有志者事竟成。

——《後漢書 · 耿弇（yǎn）列傳》

有志向的人，做事終究會成功。

9 老當益壯，寧移白首之心？窮且益堅，不墜青雲之志。

—— 王勃《滕王閣序》

雖然年老，但志氣更加旺盛，怎能在白髮蒼蒼時改變心志？境遇雖然困苦，但更加堅韌，絕不會拋棄自己的凌雲壯志。

10 黃沙百戰穿金甲，不破樓蘭終不還。

—— 王昌齡《從軍行七首》其四

守邊將士身經百戰，鎧甲磨穿，壯志不滅，不打敗進犯之敵，誓不返回家鄉。

名 句
1 2 3

11　立志而聖，則聖矣；立志而賢，則賢矣。志不
立，如無舵之舟，無銜之馬，漂蕩奔逸，終亦何
所底乎？

—— 王陽明《教條示龍場諸生》

立志成為聖人，就可以成為聖人了；立志成為賢人，就可成為賢人
了。不立志，就好像沒有舵的船，沒有馬嚼子的馬，四處遊蕩，肆
意奔跑，最後要去向何處呢？

12　立志用功，如種樹然。方其根芽，猶未有幹；及
其有幹，尚未有枝；枝而後葉，葉而後花、實。

—— 王陽明《傳習錄》

立志用功，就像種樹一樣。剛開始只有根和芽，還沒有樹幹；後來
有了樹幹，還沒有樹枝；長了樹枝再長樹葉，長了樹葉以後再開
花、結果。

13　志之所趨，無遠弗屆，窮山距海，不能限也。志
之所向，無堅不入，銳兵精甲，不能禦也。

—— 金蘭生《格言聯璧》

只要下了決心，不論多遠，也沒有不到達的地方，即使深山大海
也阻擋不了。只要下了決心，不論多堅固，也沒有不能攻克的敵
人，即使精銳兵器也防禦不了。

史家之絕唱
無韻之離騷

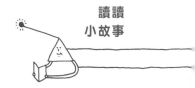

　　司馬遷從小在史官家庭中長大，受到良好的文化熏陶，自幼就養成了讀書寫作的好習慣。他十歲開始學習古文書傳，二十歲開始四處遊歷，廣交朋友，足跡遍及江淮流域和中原地區，他考察各地歷史遺跡、民情風俗、經濟生活，採集遺聞逸事，積累了大量歷史資料。

　　此後，他遵從父親遺囑，努力讀書，立志完成一部能夠「藏之名山，傳之其人」的史書。就在他撰寫《史記》第七年，發生了歷史上有名的李陵案。

　　李陵是名將李廣的孫子，司馬遷早年見過李廣，後與李陵同在宮廷中隨侍君王左右，雖然沒能相交成為知己好友，但他十分佩服李陵的為人。公元前 99 年，李陵率領部隊抗擊匈奴。他孤軍深入高山時，與單于遭遇。經過八晝夜的戰鬥，李陵率部斬殺匈奴一萬多人，但因得不到主力部隊的後援，結果彈盡糧絕，不幸被俘。漢武帝聽說後，十分憤怒。滿朝文武官員察言觀色，趨炎附勢，紛紛指責李陵的罪過。漢武帝便問太史令司馬遷對李陵的看法，司馬遷向來痛恨那些見風使舵的大臣，盡力為李陵說好話。他認為李陵平時對母親孝順，對朋友講信義，對士兵有恩

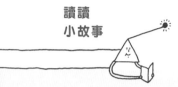

信，為人謙虛禮讓，這樣的人絕不會向匈奴投降。司馬遷為李陵直言辯白觸怒了漢武帝，於是被打入大牢。經過審訊，他被判欺君之罪，這可是死罪。當時，犯死罪的人根據兩條舊例可以免除一死：一條是拿錢贖罪，一條是接受「腐刑」。拿錢贖罪對於一般的家庭而言是行不通的，為了實現著史的志向，他寧可忍受「腐刑」的屈辱。

司馬遷出獄後，強忍奇恥大辱，毅然發憤著書。他歷經艱辛，用了十六年時間完成了《史記》的寫作，人稱其書為《太史公書》。此書是中國第一部紀傳體通史，被列為「二十四史」之首，對後世史學影響深遠；其語言生動優美、人物形象鮮明、內容翔實，受到世人推崇。魯迅曾高度評價《史記》為「史家之絕唱，無韻之離騷」。在悲痛欲絕時，遠大志向成為司馬遷心中的一盞明燈，不但讓他勇敢地活下來，還成就了他的光輝人生。

小練習，

做 一 做 ！

學習了前面的名言，你現在領會了它們的意思嗎？你會使用這些名言名句嗎？下面有一些小練習，來試試看吧！

1.（a）遇到難題就退縮的同學難以發揮自己的潛能，只有具備攻克難關的志氣，你的智慧才能得到充分發揮。

2. 古人說：（b）。有的同學經常下決心，但是隔不了幾天就忘得一乾二淨，他們沒有戰勝自己的惰性。所以，對手再強也不可怕，最可怕的敵人其實是自己。

3. 霍金雖然全身癱瘓，但是他成為最偉大的物理學家之一；貝多芬，雙耳失聰，但是他成為舉世聞名的音樂家。這充分說明（c）。

4. 有的同學的志向是成為老師、成為醫生，不能說不好，但是比起康有為「自強為天下健，志剛為大君之道」的雄心大志，不免相形見絀，所以說（d）。

5. 如果我們立下了志向，一定要為之努力，請相信（e），切不可半途而廢、前功盡棄，也許成功離你只有咫尺之遙了。

6. 有些家境貧困的孩子，成績異常優秀，這是因為貧苦磨礪了他們的意志，讓他們更加堅定地朝着自己的目標不斷前行，這些孩子（f），值得我們學習。

7. 古人言：（g）那些生活懶散、不思進取、虛度光陰的人，當他們一事無成時，便會後悔當初沒有立下志向，並為之努力拼搏。

8. 古人說：（h）這就告訴我們可以立大志，但是要成就大志向，
也得一步一步來。比如你現在是 60 分的水平，想考 100 分，請慢
慢來，先考 70 分，再考 80 分、90 分，這樣你離 100 分的目標就
不遠了。

（a）_____

（b）_____

（c）_____

（d）_____

（e）_____

（f）_____

（g）_____

（h）_____

仁者愛人

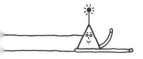

有話對你說

　　「仁」者，人也。「仁」是悲天憫人之情，也是將義、禮、智、信、孝等貫通在一起的通德。仁愛之人有「老吾老以及人之老，幼吾幼以及人之幼」的情懷，有博愛之心，愛天下萬物。

名 句
1 2 3

1　子曰：「人而不仁，如禮何？人而不仁，如樂何？」
——《論語‧八佾（yì）》

對於沒有仁德的人，禮法和音樂又有甚麼用呢？

2　天下兼相愛則治，交相惡則亂。
——《墨子‧兼愛上》

天下人全都相親相愛則天下大治，相互仇恨則天下大亂。

3　仁者無敵。
——《孟子‧梁惠王上》

有仁德的人是無敵於天下的。

4　天子不仁，不保四海；諸侯不仁，不保社稷；
卿、大夫不仁，不保宗廟；士、庶人不仁，不保
四體。
——《孟子‧離婁上》

天子不仁，便保不住他的天下；諸侯不仁，便保不住他的國家；
卿、大夫不仁，便保不住他的祖廟；普通士人和老百姓不仁，便無
法保全自己的身體。

名句
1 2 3

5　君子以仁存心，以禮存心。仁者愛人，有禮者敬
人。愛人者人恆愛之；敬人者人恆敬之。

——《孟子·離婁下》

君子把仁保存在心裏，把禮保存在心裏。仁人愛別人，有禮的人尊
敬別人。愛別人的人，別人也會一直愛他；尊敬別人的人，別人也
會一直尊敬他。

6　溫良者，仁之本也；敬慎者，仁之地也；寬裕者，
仁之作也；孫（xùn）接者，仁之能也；禮節者，
仁之貌也；言談者，仁之文也；歌樂者，仁之和
也；分散者，仁之施也。

——《禮記·儒行》

溫和善良，是仁的根本；恭敬謹慎，是仁的實踐；寬緩充裕，是
仁的動作；謙遜接物，是仁的技能；禮貌儀節，是仁的外表；言
語談吐，是仁的文飾；歌舞音樂，是仁的和悅；分財散物，是仁的
佈施。

7　博愛之謂仁，行而宜之之謂義，由是而之焉之謂
道，足乎己無待於外之謂德。

——韓愈《原道》

博愛叫作仁，恰當地去實現仁就是義，沿着仁義之路前進就是道，
使自己具備完美的修養，而不去依靠外界的力量就是德。

德蘭修女

　　1997年9月5日，印度加爾各答大雨傾盆，連老天也在為德蘭修女悲傷哭泣。她是世界著名的慈善工作者，曾被美國人民票選為二十世紀最受尊敬人物榜單之首，並於1979年榮獲諾貝爾和平獎。在諾貝爾和平獎的歷史上，只有兩位獲獎者全票通過：一位是史懷澤博士，另一位就是德蘭修女。德蘭修女從小生長在一個虔誠的天主教家庭裏，她的母親對身邊所有人的關心愛護，牢牢地印在德蘭的心裏，那顆仁愛的種子已悄悄地在她心中生根發芽。在母親潛移默化地影響下，德蘭從小就懂得關愛他人，她從不讓上門乞討的人空手而歸。有一次，父親問德蘭想要甚麼聖誕禮物，德蘭說：「爸爸，您有沒有一種治癒貧窮的藥？我想送給所有的窮人，讓他們不再受到貧窮的折磨。」

　　慢慢地，德蘭長大了。她每天做的事情就是推着小車，在垃圾堆裏、水溝中、教堂門口、公共建築的台階上，撿回奄奄一息的病人、被遺棄的嬰孩、垂死的老人，為他們的溫飽病痛四處奔忙……很多人把她當成乞丐，當成瘋子，他們根本不明白她為甚麼要做這些事情，甚至打罵她，趕她走。可後來，越來越多的人被她感動了。德蘭修女毫不吝嗇地播撒自己的善意，她用自己的實際行動溫暖着孤獨寂寞的靈魂。

**讀讀
小故事**

　　有一次，德蘭修女走在大街上，她看見一個老人低頭站立在馬路邊。她走過去握住他的手，沒有一句言語，只是這樣靜靜地握着。過了許久，老人抬起滿是淚水的臉龐，輕輕地說：「謝謝，很久沒有觸到這麼溫暖的手了。」

　　還有一次，德蘭修女走進一個孤獨的老人家裏，她看見屋子裏一片雜亂，連燈都沒有開。她上前詢問老人原因，老人回答：「為誰開呢？我又不需要。」德蘭修女溫柔地說：「如果我需要，您能為我開嗎？」老人露出久違的笑容，感動地點了點頭。從此，她點亮了老人心中的一盞燈。

　　德蘭修女說：「我們以為貧窮就是飢餓、衣不蔽體和沒有房屋。然而最大的貧窮卻是不被需要、沒有愛和不被關心。末後的時代，物質的豐富，無法掩蓋精神的貧窮；光鮮的外表，無法隱藏心靈的空虛；社會的進步，無法掩飾人心的冷漠。」為了那些被遺棄的靈魂，德蘭修女在自己有限的生命中，將仁愛之心撒向了世界，用大愛普度眾生。她說：「愛，就是我要說的主題，在這個世界上，一切都會消失，但愛會留下來。」雖然她已離我們遠去，但她的「人生戒律」仍在世界各地流傳着：

　　人們經常是不講道理的、沒有邏輯的和以自我為中心的，不管怎樣，你要原諒他們；即使你是友善的，人們可能還是會說你自私和動機不良，不管怎樣，你還是要友善；當你功成名就，你會有一些虛假的朋友和一些真實的敵人，不管怎樣，你還是要取得成功；即使你是誠實的和率直的，人們可能還是會欺騙你，不管怎樣，你還是要誠實和率直；你多年來營造的東西，有人在一夜之間把它摧毀，不管怎樣，你還是要去營造；如果你找到了平靜和幸福，人們可能會嫉妒你，不管怎樣，你還是要快樂；你今天做的善事，人們往往明天就會忘記，不管怎樣，你還是要做善事；即使把你最好的東西給了這個世界，也許這些東西永遠都不夠，不管怎樣，把你最好的東西給這個世界。

小練習，
做 一 做 ！

學習了前面的名言，你現在領會了它們的意思嗎？你會使用這些名言名句嗎？下面有一些小練習，來試試看吧！

1. 經常幫助同學的人，很容易受到同學的尊重，比如你給同學一個微笑，同學也會給你一個微笑，正所謂（a）。

2.（b）確實如此，如果國與國之間互敬互愛，則世界和諧完滿，如果國與國之間爭鬥不止，則天下大亂，兩次世界大戰就是前車之鑒。

3. 古人常說做人要講「仁義道德」，那麼小學生該怎麼做呢？不妨從（c）這句話中尋找答案：愛老師，愛同學，愛你熟悉的人，也要愛你不熟悉的人；一言一行都要表現出你對他們的愛；竭盡所能地去愛他們、幫助他們，這樣修養便自然而然地提升了。

（a）＿＿＿＿＿＿＿＿＿＿＿＿＿＿＿＿＿＿＿＿＿＿

（b）＿＿＿＿＿＿＿＿＿＿＿＿＿＿＿＿＿＿＿＿＿＿

（c）＿＿＿＿＿＿＿＿＿＿＿＿＿＿＿＿＿＿＿＿＿＿

練習答案

第一單元：心性善良

a. 道善則得之，不善則失之矣
b. 積善之家必有餘慶，積不善之家必有餘殃
c. 善無主於心者不留，行莫辯於身者不立
d. 人而好善，福雖未至，禍其遠矣。人而不好善，禍雖未至，福其遠矣

第二單元：孝敬父母

a. 今之孝者，是謂能養。至於犬馬，皆能有養；不敬，何以別乎？
b. 父在，觀其志；父沒，觀其行；三年無改於父之道，可謂孝矣
c. 生，事之以禮；死，葬之以禮，祭之以禮
d. 父母之年，不可不知也
e. 一則以喜，一則以懼
f. 夫孝，天之經也，地之義也，民之行也
g. 孝子之至，莫大乎尊親；尊親之至，莫大乎以天下養

第三單元：至誠有信

a. 言而不信，何以為言？
b. 言必信，行必果
c. 誠者，天之道也；誠之者，人之道也
d. 巧詐不如拙誠

e. 至誠則金石為開

f. 古之所謂正心而誠意者，將以有為也

g. 文以行為本，在先誠其中

第四單元：心懷感恩

a. 投我以桃，報之以李

b. 事師之猶事父也

c. 明師之恩，誠為過於天地，重於父母多矣

d. 誰言寸草心，報得三春暉

e. 羊有跪乳之恩，鴉有反哺之義

f. 為學莫重於尊師

g. 片言之錫，皆吾師也

第五單元：勤儉節約

a. 儉，德之共也；侈，惡之大也

b. 節用於內，而樹德於外

c. 強本而節用，則天不能貧

d. 侈而惰者貧，而力而儉者富

e. 靜以修身，儉以養德

f. 歷覽前賢國與家，成由勤儉破由奢

g. 一粥一飯，當思來之不易；半絲半縷，恆念物力維艱

第六單元：結交益友

a. 益者三友，損者三友。友直，友諒，友多聞，益矣。友便辟，友
善柔，友便佞，損矣

b. 無友不如己者

c. 君子以文會友，以友輔仁

d. 君子之交淡若水，小人之交甘若醴；君子淡以親，小人甘以絕

e. 獨學而無友，則孤陋而寡聞

f. 與善人居，如入芝蘭之室，久而自芳也；與惡人居，如入鮑魚之肆，久而自臭也

g. 桃花潭水深千尺，不及汪倫送我情

第七單元：勤奮好學

a. 不學牆面

b. 三人行，必有我師焉。擇其善者而從之，其不善者而改之

c. 學而不思則罔，思而不學則殆

d. 日知其所亡，月無忘其所能，可謂好學也已矣

e. 學而不厭，誨人不倦

f. 騏驥一躍，不能十步；駑馬十駕，功在不舍

g. 學不可以已

h. 玉不琢，不成器；人不學，不知道

i. 學而不化，非學也

第八單元：培養習慣

a. 習與性成

b. 少成若天性，習慣如自然

第九單元：積極樂觀

a. 否極泰來

b. 禍兮，福之所倚；福兮，禍之所伏
c. 山重水複疑無路，柳暗花明又一村
d. 失之東隅，收之桑榆

第十單元：堅韌頑強

a. 志士仁人，無求生以害仁，有殺身以成仁
b. 富貴不能淫，貧賤不能移，威武不能屈
c. 路漫漫其修遠兮，吾將上下而求索
d. 亦余心之所善兮，雖九死其猶未悔
e. 千淘萬漉雖辛苦，吹盡狂沙始到金
f. 寶劍鋒從磨礪出，梅花香自苦寒來

第十一單元：責任擔當

a. 位卑未敢忘憂國
b. 時窮節乃見，一一垂丹青
c. 先天下之憂而憂，後天下之樂而樂

第十二單元：合作共贏

a. 二人同心，其利斷金。同心之言，其臭如蘭
b. 上下同欲者勝
c. 天時不如地利，地利不如人和
d. 萬人操弓，共射一招，招無不中
e. 千人同心，則得千人力；萬人異心，則無一人之用

第十三單元：有容乃大

a. 己所不欲，勿施於人
b. 躬自厚而薄責於人，則遠怨矣
c. 得饒人處且饒人
d. 君子浩海之氣，不勝其大；小人自滿之氣，不勝其小
e. 海納百川，有容乃大；壁立千仞，無慾則剛
f. 度盡劫波兄弟在，相逢一笑泯恩仇

第十四單元：立志有成

a. 志不強者智不達
b. 志之難也，不在勝人，在自勝也
c. 身可危也，而志不可奪也
d. 志當存高遠
e. 有志者事竟成
f. 窮且益堅，不墜青雲之志
g. 志不立，如無舵之舟，無銜之馬，漂蕩奔逸，終亦何所底乎？
h. 立志用功，如種樹然。方其根芽，猶未有幹；及其有幹，尚未有枝；枝而後葉，葉而後花、實

第十五單元：仁者愛人

a. 愛人者人恆愛之；敬人者人恆敬之
b. 天下兼相愛則治，交相惡則亂
c. 博愛之謂仁，行而宜之之謂義，由是而之焉之謂道，足乎己無待於外之謂德

讀經典　學古文　系列 4

「百家」說名言

主編　李韞琬、韓興娥

印務	排版	裝幀設計	責任編輯
劉漢舉	賴艷萍	綠色人	楊歌

出版
中華教育

香港北角英皇道 499 號北角工業大廈 1 樓 B
電話：(852) 2137 2338　傳真：(852) 2713 8202
電子郵件：info@chunghwabook.com.hk
網址：http://www.chunghwabook.com.hk

發行
香港聯合書刊物流有限公司

香港新界大埔汀麗路 36 號中華商務印刷大廈 3 字樓
電話：(852) 2150 2100　傳真：(852) 2407 3062
電子郵件：info@suplogistics.com.hk

印刷
美雅印刷製本有限公司

香港觀塘榮業街 6 號海濱工業大廈 4 字樓 A 室

版次
2018 年 11 月第 1 版第 1 次印刷
©2018 中華教育

規格
32 開 (210 mm x 150 mm)

ISBN
978-988-8571-26-0